Magie Blanche

L'Éveil de Morgane

Du même auteur,
dans la même collection :

2. *Le rituel du Cercle*
3. *Sorcière de sang*
4. *Le bûcher*

Magie Blanche

Cate Tiernan

L'éveil de Morgane

Traduit de l'anglais (États-Unis)
par Bertrand Ferrier

POCKET
jeunesse

Titre original :
Sweep
1. Book of Shadows

Publié pour la première fois en 2001
par Puffin Books, un département
de Penguin Putnam Books for Young Readers, New York

Les citations ont été inventées par l'auteur. Toute ressemblance avec des œuvres déjà existantes serait purement fortuite.

Tout mon amour pour Christine et Marielle,
soutiens de chaque jour.

Loi n° 49-956 du 16 juillet 1949 sur les publications
destinées à la jeunesse : octobre 2006.

ISBN 2-266-12911-2

1.

Nicolas

« Prends garde au mage. Traite-le bien. Car il possède des pouvoirs très supérieurs aux tiens. »

Altus Polydarmus,
Sorcières, mages et magiciens, 1618.

★

Plus tard, je regarderai en arrière, et je me souviendrai du jour de notre rencontre. Je regarderai en arrière et je me souviendrai du moment exact où il est entré dans ma vie. Je m'en souviendrai toujours, toujours, toujours.

★

Bridget portait un chemisier bouffant et une longue jupe noire qui descendait jusqu'à ses pieds et laissait entrevoir des ongles joliment peints en violet. Elle était magnifique ; et moi, j'avais l'air fine, devant ma meilleure amie, avec mon vieux jean délavé et mon T-shirt verdâtre !

— T'as vu cette température ? ai-je grommelé. On crève de chaud ! Ça gâche tout ! Il est censé faire froid, le premier jour de classe, non ?

— Peut-être dans le Yukon, la miss ! m'a-t-elle reprise. Et ça ne semble pas trop te déranger : tu es splendide, ce matin...

— Non mais tu t'es regardée ? rétorquai-je en souriant. C'est toi qui es splendide !

Bridget m'a rendu mon sourire. Mon compliment la touchait, mais elle n'avait pas besoin de moi pour savoir qu'elle avait le physique d'un top model. Avec son mètre quatre-vingts et sa silhouette parfaite, elle nous fait toutes baver d'envie. D'autant qu'elle peut manger n'importe quoi sans grossir d'un milligramme. « Le régime, c'est bon pour les lemmings », affirme-t-elle régulièrement.

Si vous ajoutez à cela des cheveux noirs qu'elle confie aux ciseaux d'un coiffeur branché de Manhattan et qui lui tombent en cascade sur les épaules, vous n'aurez alors aucun mal à comprendre pourquoi, où que nous allions, les gens se retournent toujours sur elle.

En plus, elle a un truc : les compliments ne la dérangent pas, au contraire. Elle sait qu'elle est super-sexy, et elle adore ça.

— Pfff ! a-t-elle lâché. Ils ont encore réussi à ne pas repeindre ce taudis...

J'ai jeté un coup d'œil sur le vieux palais de justice de brique rouge qui nous sert de lycée.

— Au moins, on ne se sentira pas dépaysées, ai-je ironisé.

J'ai détourné le regard et étouffé un cri :

— La vache ! T'as vu que Rose a un nouveau tatouage ?

Bridget a cherché Rose des yeux. Cette fille est incroyable. Elle se teint les cheveux en noir ; elle a des piercings à sept endroits (enfin, à sept endroits visibles) ; et elle a trouvé le moyen de se faire tatouer une couronne de flammes tout autour du nombril. Chaque fois que je la regarde, je me trouve bien banale avec mes longs cheveux châtains, mes yeux marron, un nez qu'on pourrait gentiment qualifier d'« un peu fort », des épaules carrées, pas de hanches, et une certaine impatience à être touchée par la bonne fée chargée de donner des seins aux jeunes filles.

— Cette nana est timbrée, a commenté Bridget. Mais comment elle se débrouille pour nettoyer son piercing du nez, quand elle éternue ?

Pendant que nous ricanions, Rose a rejoint ses meilleurs amis devant la cafétéria. Il y avait là Étienne, qui paraissait déjà crevé alors qu'il n'était que huit heures et demie, et Chips Newton, un génie des maths – il est encore plus doué que moi, c'est dire ! Xavier, mon meilleur ami après Bridget, a gratifié Rose d'un sourire.

— Ça fait bizarre de voir ta frangine ici, a soufflé Bridget en inspectant les petits groupes qui s'étaient formés.

— C'est vrai, ai-je admis, mais je ne m'inquiète pas pour elle !

Mary Kathleen, alias Mary K., est ma petite sœur. Elle était en train de papoter avec des tas d'amis et se dirigeait vers le bâtiment principal. Comparée aux autres troisièmes, elle paraissait plus mûre, et je ne parle pas que de son physique.

Comme Bridget, Mary K. a un truc. Elle se débrouille comme un chef dans la vie. Elle porte des vêtements moulants, mais pas trop ; elle est bonne élève, mais pourrait mieux faire... En plus, son joli visage et son bon caractère lui valent d'être toujours entourée d'un tas d'amis. Pour résumer, on peut dire que tout le monde l'adore. Même moi, et pourtant, je suis sa grande sœur. Mais ce n'est pas ma faute : on ne peut qu'adorer Mary K.

— Salut, les filles ! nous a lancé Chris en se penchant pour embrasser Bridget sur les lèvres.

— Prêt pour une année de torture ? ai-je demandé.

— Pour une année de douce torture, oui, a-t-il répliqué avec une moue gourmande.

Un cliquetis de bracelets a précédé une voix connue de tous.

— Bridget ! Chris ! Wouh-ouh !

— Mais c'est Sophie en personne ! s'est exclamé Chris en entraînant Bridget vers celle qui les avait interpellés.

Sophie était entourée de Jeanne, Matthieu et Justin.

— Tu viens ? m'a proposé Bridget.

— Non, c'est bon.

— Allez, Morgane, fais pas ta mauvaise tête !

— Non, il faut que je parle avec Tamara, et…

Je me suis tue : mon amie regardait bouche bée un mec en train de s'approcher. Un mec incroyable.

— C'est qui, lui ? a-t-elle chuchoté.

Je n'en savais rien. Mais j'étais sous le choc, moi aussi.

Le garçon en question s'avançait vers nous avec une assurance dont j'avais toujours rêvé. Il nous a souri, et la température, déjà chaude, a encore grimpé de plusieurs degrés.

— Les bureaux de l'administration, c'est par ici ? s'est-il enquis.

J'étais incapable de répondre. Trop bouleversée. Des beaux gosses, j'en avais vu ! Chris, le mec de Bridget, est pas mal du tout. Mais celui-ci était sublimissime. À couper le souffle.

Il avait des cheveux noirs coupés à la punk, un nez parfait, une peau mate et des yeux sidérants : profonds, hypnotiques, dorés… Oui, dorés !

Il m'a fallu un moment avant de reprendre

ma respiration. Je le dévisageais encore comme une idiote que Bridget était déjà passée à l'attaque.

— Il faut prendre à droite tout de suite, puis la première à gauche. Tu es nouveau ?

— Oui. Je viens d'emménager dans le coin avec ma mère. Je m'appelle Nicolas Blaire.

— Moi, c'est Bridget Warren ; et voici Morgane Rowlands.

— S... salut... ai-je réussi à murmurer.

Je n'ai jamais été douée pour parler avec les garçons. Surtout quand ils sont magnifiques. Et là, je touchais le fond. J'étais emportée par un tourbillon d'émerveillement et de timidité.

— Vous êtes en terminale, toutes les deux? a-t-il demandé.

— Première, a corrigé Bridget.

— Oh... On ne sera pas en cours ensemble, alors...

— Ça dépend, a rectifié mon amie. T'es en terminale ? Alors, tu retrouveras Morgane en physique et en maths. Elle est trop forte pour le programme de première !

— Super ! Dans ce cas, à bientôt, Morgane !

— Salut ! a lancé Bridget d'une voix vibrante tandis que je bredouillais un vague « au revoir ».

Et, dès qu'il s'est éloigné de quelques pas, elle m'a chuchoté :

— T'as vu cet apollon ? Il va passer l'année avec nous ! C'est de la folie !

Chris n'avait pas l'air particulièrement ravi, lui...

★

Une semaine plus tard, je sentais toujours le feu brûler dans ma poitrine chaque fois que je me rendais en cours de physique : c'est là que je pouvais voir Nicolas. Un miracle permanent. Un dieu tombé parmi les humains – et les humaines.

Il avait suffi de quelques jours pour que Nicolas devienne le garçon le plus *hype* du lycée. Celui avec qui il fallait traîner. Il n'était pas populaire : non, c'était carrément une star ! Les filles le dévoraient des yeux ; mais les garçons aussi semblaient fascinés. Pas pour les mêmes raisons... et pas tous : Chris et ceux qui craignaient pour leurs petites copines détestaient le nouveau.

Quand je suis arrivée, ce jour-là, il discutait avec Alexandra Spotford.

— Il y a une fête de Halloween à Kinderhook ? lui a-t-il demandé.

Elle paraissait aussi émue que moi la première fois qu'il m'avait parlé, et jouait nerveusement avec sa chevelure.

— En octobre, oui, on organise un truc, on appelle ça la fête des Moissons...

— Tu y vas, toi aussi, Morgane ?

« Morgane » ! Il avait prononcé mon nom !

Je me suis assise à ma place pour ne pas

m'évanouir, et j'ai sorti mes affaires en répondant :

— Tout le monde y va… ou presque ! Dans le coin, on n'a pas tellement l'occasion de s'amuser, à moins d'aller à New York, ce qui signifie deux heures de route minimum.

J'étais très fière d'avoir réussi à prononcer deux phrases d'affilée. L'habitude portait ses fruits. L'apollon et moi avions physique ou maths ensemble chaque jour et comme il m'avait déjà parlé plusieurs fois, j'avais de moins en moins de mal à lui répondre de manière sensée.

Nicolas s'est tourné vers moi. Je l'ai regardé bien en face. Un truc que j'évite de faire quand je veux être sûre de pouvoir aligner trois mots sans avoir le cœur qui bondit dans la poitrine, la gorge qui se noue et les joues rouges…

Je ne comprenais pas pourquoi je réagissais ainsi. Bien sûr, ce type était à tomber. Il faisait partie de ces garçons dont on se dit : « Il est trop bien pour moi. » Mais ce n'était pas qu'une histoire de physique ou de sourire ravageur. Ce garçon était différent de tous les garçons que je connaissais. Quand il me regardait, en cours, il me regardait vraiment. Il ne se contentait pas de balayer la salle pour essayer de repérer des nanas plus mignonnes. Non, il me regardait dans les yeux, pleinement.

Rien d'étonnant à cela : Nicolas ne faisait rien comme les autres. Il portait la même attention à Tamara, ou à moi, qu'aux sex-symbols du lycée, genre Alexandra ou Bridget.

La preuve, c'est qu'il continuait à me parler.

— Et en dehors de la fête des Moissons, qu'est-ce qu'on fait pour s'amuser, par ici ? m'a-t-il lancé.

— Ben... On traîne... On sort entre amis... On va au ciné...

— Au ciné ? Qu'est-ce que t'aimes comme films ?

Il s'est penché vers moi comme si j'étais la personne la plus intéressante au monde.

— Un peu tout... suis-je parvenue à balbutier.

— Non ? Moi aussi ! Je suis très éclectique ! Bon, Morgane, je compte sur toi pour m'indiquer les bons plans, si tu veux bien. Je n'ai pas encore repéré les cinés du coin...

Il s'est détourné et a fixé le bureau où notre prof venait de jeter son cartable. L'instant d'après, l'appel commençait. Et moi, j'étais toujours sous le charme.

Je n'étais pas la seule que Nicolas avait conquise. Il semblait aimer tout le monde. Il parlait à tous, sans préférence aucune. Je savais que quatre copines de Bridget mouraient d'envie de sortir avec lui – visiblement sans succès, jusqu'à présent. Quant à Justin, qui avait eu aussi des vues sur lui, il avait abandonné tout espoir.

2.

J'aimerais tant…

« Prends garde à la sorcière. Elle t'enveloppera de magye noyre pour te faire oublier d'où tu viens, qui tu aimes, qui tu es, et même à quoi ressemble ton visage. »

Terrance Hope,
Conseils de prudence, 1723.

★

— Avoue qu'il est subliiime ! insistait Bridget, appuyée contre le bar de la cuisine, chez moi.

— Ouais, bon, il est pas mal, ai-je marmonné en m'escrimant contre des boîtes de conserve.

Ce soir-là, j'étais de corvée de cuisine. J'avais mis un poulet dans un grand plat. Je n'avais plus qu'à ajouter de la crème de céleri et un pot de cœurs d'artichauts marinés ; et le tour serait joué.

— Mais c'est un dragueur de première, ai-je ajouté. Il est sorti avec combien de nanas en deux semaines ?

— Trois, a répondu Tamara. On peut savoir ce que tu prépares, là ?

— Du poulet *alla Morganea*. Et on ne rigole pas : c'est délicieux et parfaitement équilibré.

Ensuite, mon père entra dans la cuisine.

— Salut, les filles, salut, Xavier ! a-t-il lâché.

Son regard semblait perdu derrière ses lunettes. Il portait son costume habituel : pantalon de treillis, chemise à manches courtes et T-shirt blanc dessous. En hiver, il adopte le même uniforme, hormis la chemise qu'il choisit à manches longues et qu'il porte sous une veste en laine.

Il a observé la pièce, comme pour s'assurer qu'il se trouvait bien dans sa cuisine. Puis il est ressorti. Bridget et moi avons souri. Nous savions qu'il ne tarderait pas à se souvenir de ce qu'il était venu chercher, et qu'il retournerait le récupérer.

Papa travaille au département Recherche et développement d'une grande boîte informatique, où on le traite avec les égards dus à un génie. J'ignore si c'est le cas, mais je sais qu'il est distrait comme un génie, qu'il n'a jamais compris comment lacer ses chaussures, ni su respecter un horaire.

J'ai couvert ma mixture d'une feuille d'aluminium, rajouté quatre pommes de terre, et enfourné le tout.

— Je suis contente que ma mère cuisine, a commenté Tamara.

— Il est sorti avec qui, finalement, ce Nicolas ? a repris Bridget.

— Suzanne, Rose et Janice, a énuméré Tamara.

— Janice ? ai-je crié. Elle ne me l'a même pas dit !

— Apparemment, il mange à tous les râteliers, a dit ma meilleure amie. On dirait qu'il essaie tous les styles…

— Le veinard ! a grommelé Xavier.

Xavier, je l'apprécie tellement que, parfois, j'oublie presque qu'il est couvert d'acné et ressemble à un clafoutis aux griottes. Il était supermignon avant… ce qui l'énerve d'autant plus !

— Comment il a pu sortir avec Janice ? s'est étonnée Bridget. Elle l'aidait à faire ses exos et elle en a profité, ou quoi ?

— Janice est très jolie, ai-je protesté. Mais elle est super-timide, si bien qu'elle passe souvent inaperçue. Par contre, Suzanne, je ne comprends pas.

— Tu délires ? a rugi Bridget. C'est une bombe ! Elle a posé pour une collection de maillots de bain, l'an dernier !

— Justement. C'est Barbie Malibu, avec le cerveau qui va avec…

Bridget a soupiré :

— Morgane, à ton âge, tu devrais savoir qu'on ne sort pas forcément avec les gens pour parler d'équation au cinquième degré. Au moins, Rose, personne ne s'en étonnera : elle confond les garçons avec des Kleenex. Elle se mouche dedans, et elle les jette…

— Ça me rappelle quelqu'un ! ai-je lancé en la fixant.

— Qu'est-ce que tu racontes ? Chris et moi, on est ensemble depuis presque trois mois, et…

Xavier a sauté sur l'occasion :

— Et ?

— Et… oui, bon, il commence à me courir un peu…

Nous avons éclaté de rire, et Xavier a conclu :

— Je vois que tu es prête à profiter des occasions qui se présentent !

— Peut-être… Bon, là, il faut que je rentre. Sinon, Chris va appeler chez moi et signaler ma disparition à la police !

Un instant plus tard, sa berline[1] – sa « Bridzy »,

1. Le permis de conduire américain peut être obtenu dès l'âge de seize ans dans certains États.

ainsi qu'elle l'appelait – démarrait dans un rugissement de moteur, tandis que papa revenait chercher un stylo dans le pot à crayons de la cuisine.

— Pauvre Chris ! a résumé Tamara en rajustant le bandeau qui retenait ses cheveux.

— Je crois que ses jours sont comptés, a renchéri Xavier.

— Il a duré plus que les autres, ai-je souligné.

— Oui, il pourra toujours se consoler en entrant dans *le Livre des records*, a ironisé Tamara.

La porte de la cuisine s'est ouverte à la volée, et ma mère est entrée, des dossiers plein les bras, une tache de café sur la poche de sa veste. Elle travaille dans une agence immobilière et revenait d'une série de visites.

— Quelle journée atroce, les loulous ! Oh, mais il y a une drôle d'odeur, ici…

— C'est le fameux poulet *alla Morganea*, répondit Tamara avec une grimace.

— Délicieux et parfaitement équilibré, ai-je précisé aussitôt.

— Je n'en doute pas, a répondu maman. Mary K. est ici ?

— Oui, elle est là-haut avec quelques membres de son fan-club.

— Filles ou garçons ?

— Les deux, je crois.

Maman a hoché la tête et posé ses dossiers sur la table avant de se diriger vers les escaliers. Quelque chose me disait que les garçons, au moins, n'allaient pas tarder à déguerpir.

★

Le lendemain, Tamara et moi déjeunions dans le parc du lycée quand Janice s'est avancée vers nous :

— Je peux m'asseoir avec vous ?

— Bien sûr ! a répondu Tamara. On n'est pas racistes...

Comme elle est l'une des rares Afro-Américaines de notre lycée résolument blanc, Tamara est aussi l'une des rares à se permettre ce genre de plaisanteries. Surtout avec Janice, qui, pour sa part, est l'une des rarissimes Asiatiques.

— Bon, alors, tu racontes ? ai-je lancé dès qu'elle s'est assise.

— Raconter quoi ? s'est-elle étonnée.

— Nicooo, évidemment ! Je n'en reviens pas que tu n'aies rien dit !

Elle a haussé les épaules :

— Y a rien de spécial... On est vaguement sortis ensemble une fois, la semaine dernière...

Puis elle s'est tue. J'ai attendu quelques secondes avant de la relancer :

— Et alors ?

— Ben... Il ne s'est rien passé...

— Oh, l'autre ! s'est exclamée Tamara.

— Je t'assure ! C'est comme si… comme s'il cherchait plutôt à connaître les gens, le coin, l'ambiance… On s'est baladés, on a parlé, et…

— Et quoi ? ai-je insisté. On est tes meilleures amies, tu sors avec le plus beau gosse du monde entier, et tu ne racontes rien !

— Parce qu'il n'y a rien à raconter. Rien de sexuel, si tu veux savoir. On est juste amis.

— Quand on parle du loup… a commencé Tamara.

J'ai aperçu Nicolas qui arrivait.

— Je peux m'installer là ? a-t-il demandé.

J'ai hoché la tête, laissant Tamara embrayer :

— Ça y est, tu t'es habitué à Widow's Vale[1] ?

Il a acquiescé :

— Oui, c'est tout petit, très joli, très riche en histoire… J'ai l'impression de revenir plusieurs siècles en arrière.

J'ai soudain remarqué qu'il portait un drôle de pendentif autour du cou : une étoile à cinq branches dans un cercle. Puis, ses mains se sont posées sur la pelouse, et j'ai dû serrer les dents et les doigts pour ne pas me dépêcher d'aller toucher ce qu'il venait d'effleurer.

— J'organise une fête samedi soir, a-t-il annoncé, et je voulais savoir si ça vous tenterait…

1. Littéralement : vallée des Veuves.

— Quel genre de fête ? a lancé Bridget, que je n'avais même pas vue arriver.

Elle s'assit sur l'herbe, son plus beau sourire aux lèvres.

— Une fête en plein air, si le temps le permet, a répondu Nicolas. En fait, j'aimerais surtout vous connaître en dehors du lycée.

— Et tu invites qui ?

— Tous ceux de première et terminale qui le souhaitent. On pourrait se donner rendez-vous dans le champ situé après le marché de la Tour, un peu à l'écart de la ville. On n'aurait qu'à s'asseoir par terre et regarder les étoiles en discutant…

En discutant ?

Cette fois, je n'étais pas la seule à être sidérée. Pour sortir, on se donne rendez-vous au centre commercial. Ou au cinéma. Par exemple. Mais jamais dans un champ. En tout cas, pas pour discuter.

— Ça n'a pas l'air de vous emballer, a remarqué Nicolas.

— Si, si ! s'est empressée de dire Bridget. C'est juste un peu, euh… inhabituel…

— Eh bien, si ça vous tente de faire quelque chose d'inhabituel, je vous filerai des invit' avec toutes les indications pour trouver. J'espère que vous viendrez !

Il s'est éloigné. Et des mots très clairs ont fusé dans mon esprit : « Je veux ce mec. »

Jamais je n'avais pensé ça de quelqu'un. Et Nicolas était tellement mieux que moi que ce genre de pensée était ridicule.

Pendant que Tamara, Bridget et Janice commentaient cette invitation, j'observai Nicolas allant de groupe en groupe. Il me fascinait. Il avait un côté caméléon. Dès qu'il s'adressait à quelqu'un, il adoptait ses codes. Avec les bonnes élèves, il était cent pour cent crédible dans le genre spirituel et brillant. Avec les copains de Bridget, il était plus cool et donnait l'impression de lancer une mode chaque fois qu'il ouvrait la bouche. Et avec Rose, Chips et les autres, il semblait aussi décontracté et insouciant que s'il venait de partager leur cigarette. Étonnant.

D'un côté, je l'enviais. Moi, sortie de mon petit groupe de copains-copines, je me trouve empruntée, mal à l'aise. Ce n'est pas un hasard si mes deux meilleurs amis sont Bridget et Xavier : je les connais depuis la crèche. À l'époque, on vivait dans le même quartier. Depuis, Bridget a emménagé dans une énorme maison absolument magnifique. Elle et moi n'avons plus les mêmes amis ; mais, malgré tout, nous sommes restées très proches.

De l'autre côté, je n'enviais pas Nicolas : je l'admirais. Et je n'avais qu'un désir : aller à sa fête !

3.

Le cercle

« Point ne sors la nuit, car chaque phase lunaire est propice aux sorciers. En ton foyer calfeutre-toi, et attends que les lumières du jour renvoient le Malin en son domaine obscur... »

Frère Paolo Federico,
Notes d'un serviteur de Dieu, 1693.

★

J'ai lancé mon filet. Puissé-je rencontrer le succès, multiplier notre nombre et trouver ceux que je cherche...

★

La lumière du porche projetait des ombres sur la pelouse. Devant moi, sur l'herbe sèche et éparse, une silhouette qui me ressemblait, en plus petit et en plus noir, marchait vers ma voiture. Mon ombre.

— Qu'est-ce qu'elle a, Bridzy ? ai-je demandé à Bridget.

— Elle fait un drôle de bruit.

« Comme quoi, ai-je pensé, même les voitures de luxe ont leurs faiblesses... »

Bridzy est magnifique. Mais j'aime bien la mienne, une vieille Chrysler toute blanche de 1971. Papa l'a surnommée « Das Boot ». En allemand, cela signifie « le bateau ». Tout ça parce qu'il dit en plaisantant qu'elle doit peser plus qu'un sous-marin... et aussi parce que *Das Boot* est son film préféré.

J'ai démarré. Dans le ciel, un maigre croissant de lune argenté scintillait doucement. Un rideau de nuages est venu la masquer, faisant ressortir les étoiles par contraste.

— Comment tu t'es débarrassée de Chris, ce soir ? ai-je lancé.

— Eh bien, je... j'ai dit que j'avais promis de t'accompagner.

— Genre : la petite Morgane a peur de conduire toute seule la nuit ?

— Euh... oui, désolée. Le pire, c'est qu'il m'a dit qu'il viendrait quand même, de son côté ! (Et, après un soupir :) Si tu savais ! Il est devenu tellement possessif ! Pourquoi tous les mecs finissent-ils par se comporter de la même façon ? Dès que tu sors avec eux, ils s'imaginent que tu leur appartiens... Tiens, tourne à droite après Westwood.

J'ai obéi, tandis que mon amie continuait de dire du mal des garçons.

Quelques minutes plus tard, elle s'est agitée sur son siège :

— C'est ici ! Arrête-toi là !

J'espérais qu'elle se trompait. Nous étions en pleine campagne. À gauche, des champs de blé attendant d'être moissonnés. À droite, une grande parcelle laissée en jachère et bordée par d'épais bosquets.

— T'es sûre de toi ?

— Oui, oui, a insisté Bridget, tout excitée, il faut se garer sous cet arbre !

J'ai mis le clignotant pour le principe et j'ai conduit Das Boot vers un grand chêne. C'est alors que la lune est réapparue, éclairant sept autres voitures que je n'avais pas aperçues depuis la route.

J'ai d'abord reconnu celle de Sophie, puis la Coccinelle rouge de Xavier, le pick-up blanc de Matthieu, et la camionnette que Tamara « empruntait » à son père les soirs où elle en avait besoin. Un peu à l'écart, l'épave forcément noire de Rose côtoyait un monospace doré (qui appartenait sans doute à Nicolas) et le minivan vert de Betty, la meilleure amie de Rose.

Personne en vue. Par contre, un chemin se

dessinait entre les herbes hautes. Il conduisait vers les bois.

— Ça doit être par là, a commenté Bridget, pas très rassurée.

La brise nocturne a dansé dans nos cheveux quand nous nous sommes aventurées dans les bois. Bientôt, une lueur rougeoyante est apparue à la lisière d'une clairière. Une odeur de fumée flottait dans l'air. Un feu ! Excellente idée : il ne faisait pas chaud, cette nuit-là...

J'ai sursauté en entendant un craquement et j'ai tourné la tête. Alexandra et Étienne arrivaient derrière nous. Ben – avec qui je faisais du latin – était lui aussi déjà là, ainsi que Suzanne, Jeanne, Chris et Glenn.

— Nicolas est en retard ? s'est inquiétée Bridget.

— Et alors ? a grogné Chris.

— T'es bête ou quoi ? Il nous a invités, et...

— Bonsoir à tous ! s'est exclamé Nicolas en apparaissant à son tour. J'espère que le feu suffira pour nous tenir chaud.

Un instant, j'ai rêvé de me serrer contre lui pour avoir vraiment, vraiment chaud.

Nicolas a déballé quelques paquets de biscuits apéritif, des canettes de bière et un cidre à la cannelle absolument délicieux. Des gens ont continué d'arriver, et nous nous sommes retrouvés à une vingtaine. Pendant la demi-heure qui a suivi, nous avons bu, grignoté, parlé.

Tout le monde semblait détendu… sauf Chris, qui avait passé un bras ferme autour de Bridget. Mon amie me jetait de temps en temps des regards exaspérés.

Et soudain, mon cœur s'est arrêté de battre. Nicolas, qui passait de groupe en groupe, était venu s'asseoir près de moi.

Tout près.

— C'est sympa que vous soyez venus ! a-t-il déclaré à tous d'une voix forte. Avant que nous ne déménagions, maman connaissait des gens, dans le coin. Mais j'avais envie de fêter Mabon de mon côté…

— Mabon ? a répété Bridget, avec un sourire interrogateur.

— Oui, Mabon. C'est un sabbat wiccan qui a lieu ce soir.

— Tu peux être plus clair ? a demandé quelqu'un.

— Mabon est une nuit importante quand on pratique la Wicca.

— La quoi ?

— La Wicca. Quand on pratique cette forme de relation avec la nature, on célèbre plusieurs événements, dont Mabon, le soir de l'équinoxe d'automne.

— Et qu'est-ce qu'on célèbre ? a grincé Chris. Ton arrivée parmi nous, peut-être ?

— On rend grâce pour la récolte, a répondu Nicolas sans relever. Et on commence les préparatifs de Samhain. C'est le jour le plus important pour les sorciers. On le célèbre le 31 octobre : on l'appelle couramment Halloween.

Un grand silence a accueilli ses propos. Jusqu'à ce que Chris ricane :

— T'es en train de nous dire que t'es une sorcière, mec ?

— En quelque sorte, a répondu Nicolas d'une voix posée. Pour ma part, je pratique une forme de Wicca.

— En gros, t'es sataniste ? est intervenue Alexandra.

— Non, non, pas du tout. Le diable n'a pas sa place dans la Wicca. Il s'agit d'une religion très ouverte, très tolérante. Son seul but est de célébrer la nature et d'établir un lien profond avec elle. Et je me disais que, peut-être, parmi vous, il y aurait des personnes qui voudraient former un cercle avec moi, ce soir…

Personne ne lui a répondu. Notre hôte s'est empressé d'ajouter :

— Je précise qu'on peut former un cercle sans rejoindre la Wicca. On ne profère aucun blasphème, rien qui aille contre quelque religion que ce soit. Mais si ça ne vous tente pas, il n'y a pas de problème. C'était juste une proposition…

Les feuilles des arbres ont frémi. Puis une voix s'est élevée – et je me suis aperçue après coup que c'était la mienne :

— Former un cercle, ça consiste en quoi ?

— Un cercle, c'est un peu comme une ronde, a expliqué Nicolas. Nous nous tenons par la main, et nous remercions le Dieu et la Déesse pour la récolte qui s'annonce. Nous célébrons la fertilité du printemps et de l'été. Nous espérons que l'hiver sera clément. Et nous tournons en rond.

— Tu plaisantes ? a lancé Glenn en avalant une gorgée de bière. Ça a l'air complètement débile !

— Ça ne l'est pas. Mais tu as le droit de ne pas en faire partie, si ça ne te tente pas !

— Je rêve ! s'est exclamé Chris. Il est super-sérieux !

Nicolas s'est levé et a jeté un œil sur sa montre :

— Bien, il est presque dix heures. Merci à tous d'être passés. Ceux qui veulent rester pour former le cercle sont les bienvenus ; mais chacun doit se sentir libre.

— Je reste, a aussitôt déclaré Rose.

— Je rentre, m'a murmuré Tamara.

— Je reste un peu, lui ai-je soufflé.

— J'me casse, a décidé Chris. Tu viens, Bridget ?

Mais Bridget a ôté le bras qui l'emprisonnait et a dit :

— Non, je suis venue avec Morgane. Je rentre avec elle.

— Tu ne vas quand même pas…

— Je reste, Chris. Toi, fais comme tu le sens.

Il a hésité. Puis il s'est éloigné en grommelant.

Finalement, sont restés : Rose, Bridget, Matthieu, Xavier, Betty, Sophie, Étienne, Jeanne, Alexandra, Suzanne, Glenn… et moi. Nicolas nous a regardés avec un grand sourire, puis il a lancé :

— Très bien… Puisque nous sommes entre nous, nous allons pouvoir commencer !

4.

Le bannissement

« Ils dansent sous le ciel. Ils dansent sous la lune de sang. Ils dansent leurs rites impies. Ils dansent et ils se méfient de ceux qui les épient, et, s'ils en surprennent un, ils le pétrifient sur-le-champ. »

Altus Polydarmus,
Sorcières, mages et magiciens, 1618.

★

Avec la pointe d'un bâton, Nicolas a dessiné un grand cercle autour du feu. Avant de le clore, il nous a fait signe d'y entrer, puis il a relié les deux arcs de cercle – on aurait dit qu'il fermait une porte. J'avais l'impression d'être comme un mouton piégé derrière des barrières. Puis il a pris une boîte de gros sel et en a versé tout autour du cercle.

— Ainsi, je purifie ce qui se trouve à l'intérieur, a-t-il expliqué. À présent, nous pouvons joindre nos mains !

J'ai frissonné : sa main gauche venait d'attraper ma main droite. De l'autre côté de Nicolas se tenait Bridget. Entraînés par le maître de cérémonie, nos bras se sont dressés vers la mince bande de ciel étoilé que nous apercevions au-dessus de nos têtes.

— Je rends grâce à la Déesse ! a-t-il lancé d'une voix ferme. Répétez !

— Je rends grâce à la Déesse ! avons-nous repris.

Cependant, ma voix était si basse que je ne suis pas sûre d'avoir fait plus que former les mots avec mes lèvres.

— Je rends grâce au Dieu ! a-t-il enchaîné.

— Je rends grâce au Dieu !

— Aujourd'hui, nuit et jour sont à l'équilibre. Le soleil entre dans le décan de la balance.

Glenn a gloussé. Nicolas l'a fixé d'un regard noir.

Pour ma part, j'étais dans un état de semi-conscience : une décharge d'un milliard de volts courait dans ma main droite.

— Aujourd'hui, la nuit domine la lumière, a poursuivi Nicolas. C'est l'équinoxe d'automne. Mûrs sont les blés ; prête est la moisson. Nous rendons grâce à notre Mère la Terre, qui nous nourrit. Ensemble, dites : louée soit-elle !

— Louée soit-elle !

— L'heure est venue de rassembler la semence en prévision de l'année prochaine. Le cycle de la vie continue de nous nourrir. Loué soit-il !

— Loué soit-il !

— Nous rendons grâce au Dieu qui se sacrifie afin de naître à nouveau.

Je me suis raidie. Je n'aimais pas le mot de « sacrifice ». D'autant que je ne comprenais pas où Nicolas voulait en venir. Mais déjà il lançait :

— Loué soit-il !

Et tous, en écho :

— Loué soit-il !

— Bien, à présent, prenons le temps de respirer...

Il a baissé la tête et fermé les yeux. L'un après l'autre, nous l'avons imité.

J'ai entendu Suzanne qui ahanait très fort, et Glenn, à côté d'elle, qui continuait de glousser.

— Très bien, a dit Nicolas sans s'occuper d'eux. Nous allons entonner le cantique du bannissement. Pour cela, nous tournerons dans le sens contraire des aiguilles d'une montre. Vous allez voir, ce n'est pas compliqué.

L'instant d'après, nous nous mettions en mouvement et chantions une sorte de comptine wiccanne :

Louée soit la Mère de toutes choses,
La Déesse de la vie.

Loué soit le Père de toutes choses,
Le Dieu de la vie.
Grâce leur soit rendue
pour ce que nous avons.
Grâce leur soit rendue
pour nos nouvelles vies.
Bénis soient-ils !

Au début, c'était bizarre. Mais, après quelques minutes, je me suis sentie étrangement exaltée. Mains jointes sous la lune, nous tournions de plus en plus vite – nous courions presque. Bridget paraissait si heureuse, si vivante que j'en étais transportée pour elle.

Un instant plus tard – je serais incapable de déterminer combien de temps : ç'aurait pu être aussi bien deux minutes qu'une demi-heure – j'ai éprouvé un léger tournis. Je ne me sentais pas bien. Il faut dire qu'en temps normal, je suis incapable de monter sur un manège ou dans des nacelles qui tourbillonnent sur elles-mêmes. Ce n'est pas un problème de peur, juste une histoire d'oreille interne. En d'autres termes, quand j'ai la tête qui tourne, je vomis.

Et pourtant, ce soir-là, je n'avais pas le moins du monde envie d'arrêter.

— Rose, de quoi souhaiterais-tu te débarrasser, si tu le pouvais ? a demandé Nicolas. Que voudrais-tu bannir de toi ?

— Les pensées mesquines ! a-t-elle répondu.

— Jeanne ?

— La haine.

— Matthieu ?

— La jalousie.

J'ai serré encore plus fort la main de Nicolas. Je courais et dansais à la fois. Simultanément, je tirais et pressais sur mes doigts. J'étais un morceau de savon près d'être avalé par le siphon d'une baignoire qui se vide. Mais le tuyau ne m'avalait pas. J'étais projetée de part et d'autre du trou, secouée par des mouvements incontrôlés et cependant maintenue en place par la force centrifuge du courant. J'avais la tête légère et bouillonnante de bonheur.

— Je bannis la colère, a proféré Xavier.

— Je bannis le lycée, a lâché Glenn en gloussant.

— Je bannis les bermudas ! a renchéri Alexandra.

— Et moi, je bannis les hot-dogs allégés ! a complété Suzanne.

J'ai senti que la main de Nicolas se resserrait un peu autour de la mienne.

— Je bannis la stupidité, a dit Sophie.

— Moi, je bannis ma belle-mère ! a glapi Étienne, hilare.

— Et moi, l'impuissance ! a lancé Betty.

— Je bannis la peur, a déclaré Bridget.

Nicolas a serré ma main. C'était à moi de parler.

Que voulais-je bannir de moi ? De quoi avais-je peur ? Je n'arrivais pas à m'en souvenir. Bien sûr, j'ai peur d'un tas de choses : j'ai peur de rater mes exams, de m'exprimer en public, d'apprendre la mort de mes parents, d'avoir mes règles au lycée alors que je suis habillée en blanc... Pas le genre de trucs que j'avais envie de mettre sur le tapis à ce moment précis !

— Allez ! a crié Rose.

— Allez ! a insisté Bridget, ses yeux noirs vrillés sur moi.

— Allez, m'a murmuré Nicolas.

— Je bannis les limites ! ai-je lâché.

C'est à cet instant que tout a basculé.

Nos mains se sont détachées. Nous nous sommes figés. Et j'ai senti une douleur dans ma poitrine, comme si ma peau s'ouvrait littéralement en deux. J'ai gémi, porté les mains à mon cœur. Puis je suis tombée à genoux.

J'avais des vertiges. Et j'étais morte de honte.

— Faut arrêter les potions trop fortes, a proféré Glenn en riant.

La main de Bridget s'est posée sur mon épaule. J'ai inspiré un bon coup et j'ai réussi à me lever. J'étais couverte de sueur.

— Ça va ? m'a demandé mon amie. Qu'est-ce qui t'arrive ?

Elle m'a passé un bras autour des épaules. J'ai pu m'appuyer contre elle. Un voile de brume dansait devant mes yeux. Mais, à chaque respiration que je prenais, la douleur dans ma poitrine devenait moins intense.

— Ça va, ai-je réussi à souffler. Je dois couver quelque chose...

— La sorcièrose, sans doute, a ironisé Suzanne.

Je l'ai regardée. Au clair de lune, son visage bronzé luisait comme du plastique.

J'ai voulu avancer d'un pas. Et je me suis rendu compte que ma vue avait changé.

J'ai cligné des yeux à plusieurs reprises en fixant le ciel. Tout me paraissait plus brillant. Comme si la lune avait été pleine. Pourtant, ce n'était toujours qu'un croissant qui se découpait dans l'obscurité. Une larme de couleur crème versée sur la joue noire de la nuit.

Je me suis tournée vers les bois. J'ai eu l'impression d'être aspirée en eux, plongée dans leurs entrailles. Je voyais chaque aiguille de pin, chaque ronce, chaque branche tombée à terre; et le moindre détail m'apparaissait avec un relief saisissant.

J'ai serré les paupières; et j'ai compris que je n'avais pas qu'une transformation de la vue. J'avais aussi une modification de l'ouïe. J'entendais chaque son; je distinguais les bruits les plus infimes. Le bourdonnement des insectes, le frémissement des animaux, le battement d'ailes des oiseaux, la pulsation du sang dans mes veines... Le chant des criquets n'était plus un grésillement indistinct : il explosait en une symphonie à mille voix que je reconnaissais parfaitement.

J'ai rouvert les yeux. Autour de moi, j'ai vu les silhouettes sombres de mes amis. Les visages de Xavier et de Bridget exprimaient une vive inquiétude ; cependant, ce sont les yeux de Nicolas qui m'ont attirée. Son regard intense paraissait percer ma peau et distinguer les os en dessous.

D'un coup, je me suis assise sur le sol légèrement humide, que recouvraient des feuilles mortes. Le craquement des feuilles a tonné à mes oreilles, quand j'ai replié mes jambes sous moi. Aussitôt, je me suis sentie mieux, comme si le sol avait absorbé mon trouble. J'ai plongé mon regard dans le feu ; et la danse des couleurs m'a donné envie de pleurer tant elle était belle.

La voix de Nicolas a alors flotté vers moi, aussi claire qu'un murmure dans un tunnel. Ses mots ne semblaient destinés qu'à moi et je les ai reçus en plein cœur :

— Je bannis la solitude !

5.

Malaise

« Il existe des sorcières et des sorciers. Le pouvoir féminin est toute férocité ; terreur pure est le pouvoir masculin. Il faut craindre les deux. »

Susanna Gregg,
Les sorciers sont parmi nous, 1917.

★

La nuit dernière, j'ai vu quelque chose. Un éclair de pouvoir venu d'une source inattendue. Je ne veux pas tirer de conclusions hâtives. Je cherche et j'attends depuis trop longtemps pour me permettre de commettre une erreur. Mais en mon for intérieur, je sais qu'elle est là. Elle est là, et elle est puissante. Je dois me rapprocher d'elle.

★

Ce dimanche matin, j'avais du sable mouillé à la place de la cervelle, quand Mary K. a passé la tête par ma porte.

— Allez, debout ! C'est l'heure de la messe !

Maman est entrée derrière elle en dansant. Elle a ouvert les rideaux en chantonnant :

Paresseuse fille,
Qui sommeille encore,
Déjà le ciel brille...

— Rââââh ! ai-je grogné quand les rayons éclatants du soleil ont jailli dans la pièce.

— Je te prépare un petit déjeuner rapide, m'a annoncé maman. Mais dépêche-toi, sinon, on va être en retard.

Je me suis assise sur mon lit. Et je me suis demandé si ça ressemblait à ça, la « gueule de bois » dont parlent tous ceux qui boivent trop. Un halo vaporeux m'enveloppait. J'avais de méchantes courbatures qui me rappelaient délicieusement le moment magique que j'avais vécu hier.

Je me souvenais surtout du regard que Nicolas m'avait adressé, au dernier moment. Et de sa phrase étrange : « Je bannis la solitude... »

Comment un garçon comme lui pouvait-il bannir la solitude ? Comment pouvait-il seulement connaître ce mot ?

Je me suis mise debout. Sous mes pieds, le sol

était glacé. Soleil ou pas, l'automne était arrivé, en définitive. J'étais ravie.

Sous la douche, un phénomène étrange m'a saisie. Je me suis aperçue que j'entendais chaque goutte d'eau, que je la sentais couler sur ma peau, filer le long de mon corps, que toutes mes perceptions étaient multipliées à l'infini. J'ai rouvert les paupières, respiré la vapeur brûlante qui avait envahi la salle de bains, et senti que mon mal de tête disparaissait.

Un quart d'heure plus tard, je me glissais dans la voiture de mon père, les cheveux encore humides mais l'esprit moins embrouillé.

— Tu t'es encore couchée à pas d'heure, a lancé papa en démarrant !

— Tu veux dire qu'on m'a encore réveillée trop tôt, ai-je corrigé.

— Tu sais ce que tu as manqué, ce matin ? a-t-il répliqué. Un magnifique lever de soleil. En automne, ils sont splendides, avec ce rose timide qui s'étend peu à peu sur l'horizon...

— Ne lui parle pas de ce qu'elle ne peut pas connaître, est intervenue maman d'un ton espiègle. Notre Morgane est un oiseau de nuit...

— On ne peut pas tous se lever au chant du coq, ai-je grommelé.

En tout cas, moi, j'en étais incapable.

J'ai pensé que mes parents avaient de la chance d'avoir Mary K. Une enfant modèle sur deux, ça compense.

Et puis, j'ai pensé qu'ils avaient de la chance de m'avoir, moi aussi : ça leur permettait d'apprécier la chance qu'ils avaient d'avoir Mary K.

Quand nous sommes entrés dans l'église – l'une des premières et des plus belles églises catholiques de la région, bâtie il y a presque deux cent cinquante ans –, Mme Lavender, l'organiste, préludait déjà. L'odeur de l'encens m'a sauté au nez, familière et rassurante.

J'ai passé les grandes portes de bois ; et trois nombres m'ont traversé l'esprit : 117, 45 et 89. Comme si quelqu'un les avait gravés à l'intérieur de mon front.

Troublée, j'ai suivi maman à notre banc habituel. Elle s'est assise entre Mary K. et moi. C'est sa stratégie depuis qu'on est petites, pour nous empêcher de faire des commentaires à voix basse. Ça ne nous gêne pas vraiment, ça nous oblige juste à chuchoter plus fort, mais bon…

J'ai aussitôt chassé cette histoire de nombres de ma tête. J'étais à l'église. Au milieu d'une grande famille qui dépassait la mienne, qui dépassait aussi la communauté dont chaque visage avait fini par me devenir familier. Je faisais partie du corps de la sainte Église catholique.

Soudain, l'orgue a rugi. Nous nous sommes levés. La procession d'entrée commençait. Le père Hotchkiss, M. Benes – le diacre – et Joey, l'enfant de chœur qui portait la lourde croix dorée, ont remonté l'allée centrale pendant que nous prenions le premier chant.

Page 117, dans nos livres.

L'hymne d'action de grâce était page 45.

Et le chant de sortie, page 89.

Je n'ai pas retenu grand-chose du sermon du père Hotchkiss.

Je n'ai pas grand souvenir non plus du déjeuner qui a suivi : comme chaque dimanche, nous sommes allés manger au Widow's Diner.

J'ai passé mon temps à me demander pourquoi j'avais deviné ces trois numéros.

Et comment.

Et ce que cela pouvait bien vouloir dire...

6.

Magye Pratyque

« Ils gardent trace de leurs forfaits. Ils les consignent dans leur livre d'ombres. Les simples mortels ne peuvent lire leurs codes contre nature, car les mots qu'ils emploient ne sont connus que de leur engeance. »

Andrej Kwertowski,
Où se terre le Démon, 1708.

*

Je ne suis pas folle, non, loin de là. Mais la vie est pleine d'étranges petites coïncidences. C'est ce que je veux continuer à penser. Jusqu'à ce que je croie ce que je vois.

*

— On va où ? ai-je demandé à Bridget.

En rentrant du Widow's Diner, ce dimanche, j'avais abandonné ma robe élégante pour passer un jean et un sweat-shirt. Mon mal de tête avait disparu.

— Dans une boutique d'ésotérisme et de magie, m'a répondu mon amie en ajustant son rétroviseur central. Nicolas m'en a parlé hier soir. Ça a l'air sympa.

J'ai acquiescé avant d'enchaîner :

— À propos de magie, tu ne sais pas ce qui m'est arrivé ce matin ? En entrant à l'église, j'ai su les pages des chants que nous allions prendre.

— Comment ça, tu les as sus ?

— Eh bien, ils n'étaient inscrits nulle part ; et pourtant, quand je suis arrivée, j'ai deviné sans le vouloir où seraient les chants dans notre livre.

— Tu plaisantes !

— Non, je t'assure…

— Je ne vois qu'une explication : ta mère fait partie de l'équipe liturgique, non ? Elle a dû en parler… ou tu as pu voir traîner ses notes chez vous… Tu ne crois pas ?

— Possible, ai-je admis, sceptique.

Puis j'ai ajouté avec un grand sourire :

— Mais peut-être aussi que je suis une grrrande voyante !

Nous avons éclaté de rire. Et, quelques instants plus tard, nous sommes entrés dans Red Kill, une ville voisine de la nôtre.

Quand j'étais petite, j'avais peur de venir ici. Red Kill, « la mort rouge »… Ça fait peur, non ?

On aurait dit que ce nom gardait en mémoire un terrible événement dont personne n'osait plus parler ! En réalité, de nombreuses villes de la vallée de l'Hudson s'appellent Kill-quelque-chose. Cela viendrait d'un ancien mot hollandais qui signifiait « rivière ». Red Kill veut simplement dire « rivière rouge ».

— Je ne savais pas qu'il y avait une boutique ésotérique ici, ai-je dit.

— Nicolas m'a affirmé qu'ils avaient un bon rayon sur la Wicca, m'a répondu Bridget. Et j'avoue qu'il a piqué ma curiosité, avec ce truc. Après la séance d'hier soir, je me suis sentie super bien...

— J'ai trouvé ça très intense, ai-je admis. Mais tu n'étais pas un peu bizarre, ce matin ?

— Bizarre ? Quelle idée ! Toi, par contre, tu avais l'air de couver une saleté, hier soir...

— Oui, je n'étais pas bien du tout.

Un petit silence a suivi. Puis je me suis exclamée :

— Oh, j'y pense, il faut que tu viennes à la maison, ce soir ! Hélène vient dîner !

— Ta tante ? Avec sa nouvelle nana ?

— Je crois...

Bridget s'est mise à rire :

— Enfin !

La petite sœur de maman est lesbienne. Elle a rompu avec sa copine deux ans plus tôt ; et nous sommes tous ravis qu'elle ait retrouvé quelqu'un.

— Tiens, on arrive, a murmuré ma meilleure amie.

Elle m'a montré une boutique au bout d'une allée. Nous nous sommes garées. Le magasin possédait une lourde porte vitrée. Au sol, une étoile pourpre à cinq branches était gravée dans un cercle. C'était exactement le motif du pendentif en argent de Nicolas.

Sur la porte on pouvait lire une inscription :

MAGYE PRATYQUE
FOURNITURES DE VIE

Mon cœur s'est mis à battre plus vite. J'étais Alice prête à se faufiler dans le trou du lapin blanc. Je me doutais que, en entrant dans cette boutique, je commencerais un voyage dont je ne pouvais pas prédire la fin. Et je trouvais cette idée irrésistible. J'ai donc inspiré une grosse bouffée d'air, puis j'ai suivi Bridget à l'intérieur.

★

Le magasin, mal éclairé, était long et étroit, avec un très haut plafond. Des étagères de bois, d'apparence artisanale, couraient le long des murs et divisaient la pièce en plusieurs parties.

Celle que je voyais était couverte de haut en bas par des livres. De vieux volumes aux couvertures de cuir côtoyaient des livres de poche modernes et des livrets qui semblaient avoir été photocopiés et agrafés à la main. Des écriteaux indiquaient les différentes catégories : Magye, Tarot divinatoire, Histoire, Travaux manuels, Rituels, Sortilèges. Chaque rayonnage était subdivisé en sous-sections, contredisant l'impression de fouillis qui se dégageait de cette profusion.

Je parcourus quelques titres, et j'eus l'impression que mon esprit s'épanouissait à la manière d'une fleur qui éclôt. J'ignorais que de tels livres existaient vraiment. Qui aurait cru que, au XXIe siècle, on vendait encore d'antiques grimoires consacrés à la magie et aux rituels ? Je découvrais un monde nouveau.

À l'autre bout du magasin, Bridget regardait les bougies. Une étagère imposante leur était consacrée. On y trouvait des cierges massifs ; de petits lumignons ; des bâtonnets colorés, comme ceux qu'on met sur un gâteau d'anniversaire ; des bougies en forme d'êtres humains – hommes ou femmes, au choix ; des chandelles pour dîners chics ; des loupiotes bigarrées à faire brûler sur le coin d'une table ; et bien d'autres encore ! Toutes les bougies de la création devaient être disponibles ici. Elles formaient un dégradé de couleurs pareilles à un arc-en-ciel. Une comptine s'est élevée dans ma tête :

Lumière du feu,
Tu fais étinceler mon âme !

Soudaine inspiration, ou souvenir d'un air appris à l'école quand j'étais petite ? En tout cas, cela décrivait parfaitement ce que j'avais ressenti la veille en contemplant le feu.

— Tu cherches quelque chose en particulier ? ai-je demandé à Bridget.

Elle observait des pots de verre remplis d'herbes séchées ou de poudres. À côté, étaient disposés de frêles flacons d'huiles essentielles. L'air était lourd de senteurs mêlées : jasmin, agrumes, patchouli, clou de girofle, cannelle, rose…

— Non, je jette juste un œil…

— On devrait chercher un bouquin de vulgarisation sur l'histoire de la Wicca, ai-je suggéré.

— Ça y est, te voilà mordue !

— J'aimerais en savoir plus…

— Sur la Wicca ou sur le beau Nicolas ?

Sans attendre ma réponse, Bridget a ouvert une petite bouteille, et la fragrance d'une roseraie après une pluie d'été a explosé autour de nous.

Cela m'a empêchée de répondre. Aucune importance : je n'avais rien à dire. Oui, j'étais folle de Nicolas. Même si j'avais conscience que rien ne se passerait jamais entre nous. Pourtant, quel joli couple cela donnerait : Nicolas, la personne la plus merveilleuse du monde, sortant avec Morgane, la fille qui n'avait jamais eu de mec dans sa vie…

Mais j'avais envie de Nicolas. De Nicolas et de… tout ça. De ces odeurs. De ces livres, de ces objets. J'avais faim de nouvelles émotions. J'éprouvais une curiosité insatiable, dévorante… Malgré tout, si une partie de moi mourait d'envie de connaître la Wicca, une autre partie aurait préféré l'ignorer.

Je me suis tournée vers Bridget pour essayer de le lui expliquer… mais j'y ai renoncé. Elle était penchée sur la boîte des bijoux de fantaisie. Quant à moi, j'ignorais comment lui expliquer ces sensations confuses. C'est alors que j'ai senti un picotement dans la nuque. J'ai pivoté. Un vendeur m'observait.

Il ne devait guère avoir plus de trente ans. Il me fixait comme si j'avais été une nouvelle espèce de reptile, un spécimen particulièrement intéressant.

Les garçons ne me regardaient pas souvent comme ça. Ne serait-ce que parce que je traîne la plupart du temps avec Bridget et Mary K. Bridget est une bombe, et Mary K. est à croquer. J'ai cru comprendre qu'un type de ma classe, Brice Blackburn, voulait sortir avec elle. Nos parents ont commencé à la bassiner avec des règles super-strictes sur les limites qu'ils ne voulaient pas qu'elle franchisse – le genre de soucis qu'ils n'ont jamais eus avec moi.

J'ai détourné le regard. Le type m'avait sans doute confondue avec une autre. Bridget m'a souri :

— Alors, tu trouves quelque chose ?

— Oui, ça !

Je lui ai fourré sous le nez des bâtonnets d'encens empaquetés sous le nom : *Love Me Tonight*.

— Mais c'est qu'on se lâche, mademoiselle Morgane ! s'est écriée mon amie en éclatant de rire.

Nous avons poursuivi notre visite par l'étagère des « Livres des ombres ».

Je les ai ouverts l'un après l'autre. Ils étaient vierges. C'étaient des journaux intimes. Certains étaient de simples blocs-notes bon marché. D'autres étaient plus chics, avec une couverture cartonnée aux motifs marbrés. D'autres encore étaient carrément énormes, avec des dorures impressionnantes. Rien à voir avec les petits cahiers où je racontais ma vie depuis des lustres.

Bridget a fini par choisir des livres de base sur la Wicca ; moi, j'ai opté pour un récit qui racontait comment une femme avait découvert la Wicca, la trentaine venue, et pourquoi sa vie en avait été bouleversée.

— Vous avez tout ce qu'il faut pour Samhain ? nous a demandé le vendeur quand nous sommes allées régler nos achats. C'est l'un des moments les plus importants pour les adeptes de la Wicca !

Il a désigné une affiche punaisée au mur sur laquelle était représentée une grande roue. Au-dessus était écrit : « Les sabbats des sorcières. » À huit endroits, apparaissaient des noms de fêtes wiccannes. En haut à gauche, Samhain. Puis Yule, Imbolc, Ostara, Beltane, Litha, Lammas et Mabon. Des noms qui me semblaient à la fois poétiques… et pas totalement inconnus.

— Vous devriez prendre vos bougies noires et orange maintenant, a-t-il insisté. On a aussi de bons livres sur le sujet.

— Où ça ? s'est enquis Bridget.

Le vendeur les lui a indiqués. Moi, je restais sur place et je vibrais d'énergie. J'aurais tant aimé que Nicolas soit là…

— Pourquoi vous écrivez magye avec un « y » ? ai-je voulu savoir.

— Pour la distinguer de la fausse magie, celle des illusionnistes, qui n'est due qu'à l'habileté des doigts. Au fait, à qui ai-je l'honneur ?

— Euh… Morgane. Pourquoi ?

— Non, je veux dire : qui es-tu ?

— Eh bien, euh… Morgane, quoi ! Je suis en première à Widow's Vale.

Il n'aurait pas eu l'air plus surpris s'il m'avait posé une question en anglais et que je lui avais répondu en espagnol.

— Je prends aussi ça, a déclaré Bridget en

posant sur le comptoir *Sabbats d'hier et d'aujourd'hui* de Sarah Morningstar.

— Je ne veux pas te forcer la main, m'a dit le vendeur, mais je pense que ce titre pourrait t'intéresser.

Il m'a tendu un livre noir intitulé *Les Sept Grands Clans ou l'Origine de la sorcellerie*. J'ai senti une étincelle jaillir en moi. J'avais la certitude de connaître ce livre... tout en ne le connaissant pas.

Une bizarrerie de plus. De trop. J'ai fait signe que je le prenais, on a payé et on est sorties.

— Incroyable, cet endroit, pas vrai? s'est écriée Bridget en regagnant sa voiture.

— Totalement incroyable...

« Et terriblement dangereux », ai-je pensé. Je sentais que les bras de la Wicca se resserraient autour de moi; et je n'étais pas sûre que ce fût une bonne chose.

7.

Métamorphose

« Nombreux sont les villages où les innocents se tournent vers leur sorcier local. Ils y voient un guérisseur, un accoucheur, un fournisseur de potions... Je déclare qu'il vaut mieux se soumettre à la volonté de Dieu que s'en remettre à ces imposteurs, car la mort nous prendra tous, tôt ou tard. »

Mère Clare Michael,
Lettre à une nièce, 1824.

★

Je pense en permanence au magasin de Magye pratyque. Surtout à cet étrange mélange de peur et de familiarité que j'y ai éprouvé. Pourquoi les noms d'esbats et de festivals me rappelaient-ils quelque chose de lointain et d'enfoui ? Je n'ai jamais cru que nous pouvions nous réin-

carner. L'idée d'avoir eu des vies antérieures ne m'a jamais paru bien convaincante. Mais, au fond, qu'est-ce que j'en sais ?

★

Hurlement de maman :

— Morgane ! Mary K. ! Hélène est arrivée !

J'ai fermé mon livre. Je l'ai posé sur mon bureau. Et j'ai essayé de revenir à la réalité. Ou du moins, à une autre partie de la réalité. Disons : au présent.

L'instant d'avant, j'étais plongée dans les profondeurs des origines wiccannes, dont les racines s'enfoncent dans les temps immémoriaux, bien avant l'ère chrétienne.

Quand je suis descendue au rez-de-chaussée, j'ai croisé mon père avec des plats livrés par Kebab Palace, le seul restaurant turc de notre ville.

— Salut, Morgane ! s'est exclamée Hélène. J'avais hâte que tu rencontres Paula Steen.

Paula s'est levée. Et ma première impression a été incompréhensible. J'ai pensé que l'amie de ma tante était couverte d'animaux. Je me suis figée. Bien sûr, je voyais Paula. Elle était un peu plus grande que moi ; elle avait des cheveux couleur sable et de grands yeux vert d'eau. Mais je voyais aussi des chiens et des chats, et des oiseaux et des lapins autour d'elle. J'ai frissonné.

— Tu te sens bien? m'a-t-elle demandé.

— Je… je vois des animaux, ai-je murmuré.

Paula a éclaté de rire :

— Hum, c'est pas facile de changer de peau ! Je suis vétérinaire, et je sors de ma garde du dimanche… Je me disais qu'avec un brin de toilette, je serais presque présentable, mais…

— Non, je m'excuse de… Je ne sais pas ce qui m'a pris…

— Peut-être es-tu voyante, a-t-elle lancé, désinvolte.

— Ou juste siphonnée, a suggéré Mary K.

Un coup de sonnette a retenti, m'empêchant de moucher ma petite sœur comme elle l'aurait mérité. C'était Bridget qui débarquait.

— Tout le monde est là, a constaté maman. Nous pouvons passer à table !

J'étais encore sous le choc. Pourquoi avais-je vu ces animaux? Que m'arrivait-il, depuis quelques jours? Cependant, malgré mon inquiétude, le repas s'est merveilleusement déroulé. Ou presque.

J'ai tout de suite adoré Paula, une femme chaleureuse, pleine d'humour – et, à l'évidence, très amoureuse d'Hélène. J'étais ravie que Bridget soit là. Une fois, elle m'avait avoué qu'elle adorait venir ici. Chez elle, il n'y avait que son père, qui bossait comme un malade, et elle. Autant dire qu'elle dînait souvent seule.

Mais au moment où j'allais me resservir de taboulé, j'ai chuchoté :

— Tiens, maman, c'est Betty Fiorello…

Une seconde après, le téléphone sonnait. Maman a décroché. C'était Betty Fiorello.

— Elle t'avait dit qu'elle allait appeler ? m'a demandé maman à la fin de sa communication.

J'ai secoué la tête.

— Pas de doute, Morgane est voyante ! s'est exclamée Paula.

— C'est vrai qu'elle se maquille à la truelle, a ironisé Mary K.

— Voyons, qui va gagner la prochaine Coupe du Monde de football, Morgane ? a insisté Paula.

J'ai tâché d'en rire :

— Désolée ! Je n'ai pas de flash.

Heureusement, la conversation n'a pas tardé à dévier sur d'autres sujets, même si, au cours de la soirée, Mary K. n'a pas raté une occasion de se moquer de mes pouvoirs. Cela ne me déplaisait pas. Après tout, si on peut encore en rire, c'est que ce n'est pas si grave… n'est-ce pas ?

*

— Bienvenue sur Rowlands Airlines, ai-je déclaré le lendemain matin, à l'intention de ma passagère. Veuillez attacher vos ceintures et remonter vos sièges. La température extérieure est de…

— J'espère qu'il ne va pas pleuvoir, m'a interrompue Mary K.

— Bof, s'il pleut un bon coup, ça évitera à M. Herndon de nettoyer sa gouttière…

Ma sœur m'a regardée en grimaçant :

— Serait-ce encore un flash de mademoiselle Morgane la Voyante ?

J'ai rougi malgré moi. Les Herndon habitent à trois numéros de chez nous. Ce sont deux petits vieux dont nous ne parlons presque jamais à la maison. Pourquoi est-ce à eux que j'ai pensé ce matin-là ?

J'ai démarré sans répondre. Je pensais à Nicolas. Quand j'arriverais, il serait sûrement là. Cette simple idée m'a fait appuyer sur l'accélérateur.

— Morgane, tu sais… a commencé Mary K.

— Quoi ?

— Je n'ai pas encore mon permis, mais, d'après mes sources, on s'arrête aux feux rouges.

— Et alors ?

— Ben, toi, tu accélères…

J'ai froncé les sourcils. Je venais de griller un feu tricolore à l'intersection des rues Saint-Mary et Dimson. À une heure de grande affluence. Par miracle, personne ne nous était rentré dedans.

— Désolée, Mary K… J'avais la tête ailleurs… Je vais faire attention…

— Ça me semble plus prudent, a-t-elle commenté d'une voix calme. Sinon, j'ai peur que le seul appareil de la Rowlands Airlines ne s'écrase en vol très bientôt. Et ça m'ennuierait, vu que je suis à l'intérieur…

Nous sommes finalement arrivées au lycée sans encombre. Dès que la portière avant droite de ma voiture s'est ouverte, une nuée de sourires a fleuri sur les visages des troisièmes. Mary K. était là, la fête pouvait commencer.

Du côté des premières, la donne avait changé. Bridget et Xavier étaient avec Rose, Jeanne, Matthieu, Betty, Étienne, Alexandra, Glenn, Suzanne, Sophie… et Nicolas. Tous ceux qui avaient formé le cercle samedi soir. Mon cœur s'est mis à battre plus vite.

Au moment où je m'approchais, Chris est venu chercher Bridget, et ils se sont éloignés ensemble en faisant de grands gestes.

— Alors, ce cercle ? m'a demandé Tamara. C'était comment ?

— Très sympa. On s'est placés autour du feu et on a parlé des choses dont on voudrait se débarrasser.

— Genre la pollution ?

— Euh… non, mais tu as raison, ç'aurait été pas mal ! En fait, ça tournait plutôt autour de la colère et de la peur. Sauf pour Étienne : lui, il voulait bannir sa belle-mère !

Tamara a éclaté de rire :

— Excellent !

— Salut, les filles ! a lancé Janice, en remontant ses lunettes. Faut que j'aille déposer un truc dans le casier de Gonzalez. Une volontaire pour m'accompagner en salle des profs ?

— Je viens, a proposé Tamara. Et toi, Morgane ?

— Non, on se revoit plus tard..., dis-je en surprenant un signe de Rose.

— À plus, alors..., a repris Tamara.

Je me suis avancée vers Rose. Elle était habillée... eh bien, comme d'habitude : chemise marron foncé sous une veste noire, jupe noire, bottes noires.

— On parlait du prochain cercle. Tu t'es remise du premier ?

J'ai acquiescé.

— C'est normal qu'une personne sensible réagisse fortement à son premier cercle, a précisé Nicolas. Moi aussi, ça m'est arrivé.

— Elle est sssi sssensssible, notre Morgane, a susurré Glenn.

— Alors, le prochain cercle a lieu quand ? a demandé Suzanne, en rejetant ses cheveux en arrière.

— Je le regrette, mais tu n'es pas invitée, a répondu Nicolas.

— P… pardon ?

— Non. Tu n'es pas invitée. Glenn et Alexandra non plus.

Mes trois camarades se regardèrent, incrédules.

— Attends, c'est quoi, c'délire ? a grogné Glenn. On a fait quelque chose de mal ?

— Vous ne vous êtes pas bien comportés, a confirmé Nicolas.

— J'y crois pas ! s'est écriée Alexandra.

— Je sais, a souligné Nicolas. Et cela me conforte dans ma décision.

Un silence lourd s'est abattu sur notre groupe. Puis Glenn a tendu les mains aux deux filles :

— Ben puisqu'on pue, on va pas vous déranger plus longtemps, pas vrai ?

Alexandra et Suzanne ont eu un instant d'hésitation. Puis elles ont saisi la porte de sortie que leur offrait Glenn. Et ils sont partis, tous les trois, humiliés et furieux, mais la tête haute.

— Morgane… a murmuré Nicolas. Qu'est-ce que j'ai derrière le dos ?

Ses yeux étaient plongés dans les miens. J'ai répondu sans réfléchir :

— Une pomme. Rouge et verte.

Il a souri avec ses lèvres et ses yeux dorés, si expressifs. Et il a tiré une main de derrière son dos. Avec une pomme rouge et verte, encore ornée d'une feuille.

Il me l'a tendue. J'ai croqué dedans.

— Bien deviné, a grommelé Rose.

— Ce n'était pas une devinette, a corrigé Nicolas.

Ses yeux ne m'avaient pas quittée un instant.

*

Mary K. et moi sommes rentrées ensemble. Il n'avait pas plu de la journée. M. Herndon s'était cassé la jambe en voulant nettoyer sa gouttière. J'ai tellement eu peur que j'ai appelé Bridget pour savoir si je pouvais passer chez elle après dîner.

8.

Trahison

« Sept sont les Maisons de sorcellerie. C'est entre elles qu'elles vivent ; leurs membres se marient entre eux. Surnaturels sont leurs enfants : ils peuvent voir la nuit et disposent de pouvoirs inaccessibles au simple mortel. »

Altus Polydarmus,
Sorcières, mages et magiciens, 1618.

★

Il y a bien une pépite dans le coin. Je ne me trompais pas. Je l'ai vérifié aujourd'hui. Mais elle n'a pas encore conscience de sa valeur. Je dois patienter. Je vais la mettre à jour petit à petit.

★

— Bienvenue, m'a dit Bridget en m'ouvrant la porte.

— Ton père est là ?

— Il paraît. Je ne l'ai pas vu beaucoup : monsieur travaille.

J'ai hoché la tête.

M. Warren est avocat. Il fait partie d'un cabinet qui défend certaines grosses sociétés contre les particuliers qui les attaquent. Il gagne des mille et des cents, mais il ne lève pratiquement jamais le nez de ses dossiers. Surtout depuis que Bridget n'est plus un bébé.

Il y a cinq ans – Bridget avait douze ans et son frère, Ty, dix-huit –, Mme Warren a demandé le divorce. Énorme scandale à Widow's Vale : l'épouse du célèbre avocat partait en Europe avec un type deux fois plus jeune qu'elle ! Bridget n'a revu sa mère qu'une fois, depuis ce jour. Elle n'en parle presque pas.

Mon amie nous a servi deux tasses de café, puis nous sommes allées dans sa chambre.

— Je crois que je deviens folle, ai-je déclaré dès que nous avons été installées. Je me dis que je n'aurais jamais dû former ce cercle.

— Tu as raison, a-t-elle lâché avec un sourire moqueur. Faire une ronde autour d'un feu, à notre âge, c'est très dangereux !

J'ai soupiré. Puis j'ai lâché le morceau. Les morceaux, en réalité : mes perceptions extrasensorielles de samedi soir; mes visions: les numéros de page, à la messe, et les animaux autour de Paula, le soir; et mes prédictions: la pomme de Nicolas, M. Herndon, sans compter le coup de téléphone de Betty Fiorello...

— Oui, bon, y a pas de quoi en faire un fromage! a commenté Bridget. C'est une série de coïncidences, point, barre! Les numéros de pages, c'est sans doute grâce à ta mère; le coup de téléphone, c'est sûrement parce que la Fiorello appelle sans arrêt – chaque fois que je viens, elle appelle! Et pour les animaux, tu as sans doute perçu des odeurs ultra-discrètes, et ton subconscient a inventé le reste...

— Et la pomme? Et M. Herndon?

— Pareil: tu as pu apercevoir la pomme l'espace d'un éclair. Quant à ton voisin, tu as pu y penser en te disant: c'est l'automne, les feuilles tombent, elles encombrent la gouttière, Herndon est vieux, c'est dangereux, etc. Sincèrement, je pense que tu flippes pour rien!

— J'aimerais bien que tu aies raison, mais... tout m'arrive d'un coup. Et au moment où cette histoire de Wicca nous tombe dessus. Ça ne te paraît pas curieux?

— Au contraire! C'est parce qu'on a découvert la Wicca que tu fais attention aux coïncidences. Sinon, tu ne les aurais même pas remarquées.

J'ai réfléchi un moment, puis j'ai demandé :

— Tu as lu les livres que tu as achetés, l'autre jour ?

— Mouais, j'ai commencé, m'a répondu Bridget. C'est que des histoires de nanas. M'étonne pas que Nicolas soit à fond là-dedans !

— C'est Justin qui va être déçu, ai-je plaisanté.

— Oh, en ce moment, il sort avec quelqu'un des Sept Chênes. De toute façon, je crois qu'il ne peut pas encadrer Nicolas. Hé, tu te rappelles les livres des ombres qu'on a vus chez *Magye Pratyque* ? J'ai lu que c'étaient des journaux intimes pour les sorcières. Elles y notent leurs sortilèges, leurs expériences...

— Tu penses que Nicolas a un livre des ombres où il raconte ce qui se passe pendant les cercles ?

— J'en mettrais ma main à couper ! Et je donnerais cher pour voir ce qu'il y a écrit... Houh là ! Vivement le prochain cercle ! J'ai déjà trouvé ce que j'allais porter !

Nous avons ri doucement.

— Chris ne fait pas trop la tête ?

— Je m'en fiche. Je vais le plaquer.

— Ah ? Je croyais que vous aviez passé de super-moments, ensemble, cet été...

— Ouais, c'est vrai, mais... Petit un, j'aime pas trop son comportement. Il me donne des ordres, vérifie en permanence ce que je fais, où je suis, avec qui… Le genre de trucs que je ne supporte pas.

— Petit deux?

— Il déteste la Wicca. Il pense que c'est débile; et moi, ça m'éclate. Quand on n'a pas les mêmes centres d'intérêt, à quoi ça rime de rester ensemble?

— Donc tu vas arrêter?

— Oui. Surtout qu'il y a un petit trois…

— T'as trouvé un mec?

— Presque. Je suis complètement dingue de Nicolas.

Pendant quelques instants, je suis restée pétrifiée. J'ai encaissé le choc. Et je me suis dit que, comme voyante extralucide, je repasserais.

Pourtant, c'était évident. Comment avais-je pu ne pas le voir? Et moi qui m'apprêtais à lui avouer que j'étais folle de ce garçon!

— C'est… c'est pour ça que tu vas plaquer Chris? ai-je bégayé.

— Non, non! On est juste arrivés au bout, lui et moi.

— Mais c'est pour ça que tu t'intéresses à la Wicca?

— Non plus. Enfin, je ne crois pas. Non, je pense que la Wicca m'intéresserait même s'il n'y avait pas Nicolas. Cela dit, le fait qu'on partage cet intérêt… ça devrait nous rapprocher, non?

J'ai ouvert la bouche. Des milliers de mots

méchants, grossiers, stupides voulaient sortir. Et j'ignorais par lequel commencer. Parce que, en face de moi, se tenait Bridget. Et que Bridget, c'était... tellement de choses.

Ma meilleure amie depuis le tout début. Celle avec qui je me moquais des garçons au CP. Celle avec qui je suis tombée amoureuse des Hanson en sixième. Celle avec qui, en quatrième, j'ai promis-juré-craché de ne jamais rien révéler de cette passion commune.

Et c'était elle qui venait de me dire qu'elle était dingue du premier type pour qui j'avais craqué.

Mes sentiments avaient réussi à m'aveugler. Nicolas était sublime. Bridget aussi. Ils étaient faits l'un pour l'autre. Chris ne faisait pas le poids. Et moi non plus.

J'ai bu une gorgée de café, pour me donner une contenance. Ma tasse était vide. Moi aussi.

— Ça te choque ? m'a demandé Bridget.

— Euh... non, bien sûr que non ! Mais il sort pas déjà avec un tas de nanas ?

— T'inquiète ! Je le veux. Et je l'aurai. Tu verras, je l'aurai... On parie ?

J'ai secoué la tête. Aucun doute à avoir : quand Bridget voulait un mec...

— Non, ai-je articulé. Je ne parie pas. Je préfère te souhaiter bonne chance !

— Merci. Je te tiendrai au courant de l'évolution de la situation !

Un sourire forcé a crispé mon visage.

— Bon, il faut que j'y aille. Sinon, ma mère va commencer à s'inquiéter.

Bridget m'a raccompagnée à Das Boot. Je me suis empressée de démarrer ; et, quand je l'ai vue disparaître dans le rétro, j'ai enfin pu laisser couler les larmes qui me brûlaient les paupières depuis que j'avais appris la nouvelle.

9.

Le froid

« Chacune des Sept Maisons a un nom et une spécialité. Un homme ordinaire n'a aucune chance face à ces sorciers. Mieux vaut se recommander à la grâce de Dieu que d'engager une bataille avec les Sept Clans. »

Thomas Mack,
Les Sept Grands Clans, 1845.

★

Serais-je en train de sombrer dans la folie ? Je change. Je change de l'intérieur. Mon esprit croît. Je vois en couleur ce que je voyais en noir et blanc. Mon univers bouge à la vitesse de la lumière. J'ai peur.

★

J'ai mal dormi. Trop de cauchemars. Avec Nicolas et Bridget dans les rôles principaux. Et moi en spectatrice.

Je me suis réveillée tôt. J'ai observé la lumière grignoter ma fenêtre noire, et le jour gagner sur la nuit. Je n'avais presque jamais vu ce moment. Mon père avait raison : l'aube a un côté magique.

J'ai écouté la maison qui se réveillait.

Je me répétais que Bridget avait mille fois plus de chances que moi de sortir avec Nicolas. Que, à défaut de le séduire, je pourrais toujours vivre par procuration la vie avec un garçon idéal. Celle qu'elle ne manquerait pas de me rapporter.

Mais non. L'idée que Bridget pouvait sortir avec Nicolas me répugnait. J'aurais préféré manger ma propre tête plutôt que de l'accepter.

Cependant, s'ils sortaient ensemble et que je tentais de m'immiscer dans leur histoire, je perdrais à coup sûr l'amitié de Bridget. Sans compter que j'aurais l'air franchement ridicule. Nicolas ne pouvait pas me préférer à ma bombe de copine.

Mieux valait ravaler mon désir.

*

Mardi, Bridget a rompu avec Chris, qui n'a pas beaucoup apprécié.

Mercredi, Bridget s'est assise près de Nicolas au déjeuner.

Mais jeudi matin, avant les cours, Nicolas est venu me voir.

— J'ai pensé que ce serait sympa si on formait un nouveau cercle, samedi soir, m'a-t-il annoncé. Juste pour le plaisir.

Sous mes fesses, l'escalier qui menait au lycée était glacé. Mais les yeux dorés me réchauffaient le cœur.

— Ah…, ai-je marmonné, incapable de trouver mieux.

— Ça serait bien si tu venais !

— Pourquoi pas ? J'ai lu des trucs sur la Wicca… et ça m'intéresse.

— Ça me rassure ! a-t-il lâché en souriant. J'avais peur que tu ne renonces après le premier cercle.

— Oh, non ! Enfin, je… j'étais bizarre, et en même temps, j'étais plus vivante. C'était une sorte de révélation, pour moi.

— Je sais ce que tu éprouves.

— Est-ce que… est-ce que tu fais partie d'un cercle permanent ?

— Plus maintenant. Avant de déménager, oui, j'ai fait partie d'un rassemblement d'adeptes de la Wicca.

— Ça a dû être dur de le quitter…

— Bien sûr. Mais, en même temps, je me suis dit que, peut-être, ici, des gens auraient envie d'en former un nouveau avec moi.

— Ici ? Tout de suite ?

Le beau gosse qui me faisait face a éclaté d'un rire joyeux, doux et rayonnant :

— Pas tout de suite, non ! Il faut étudier pendant au moins un an et un jour avant de demander à être membre à part entière d'un cercle permanent.

— Un an et un jour… ai-je répété. Et après, on devient quoi ?

— Après, il y a une initiation. Et on devient sorcier… ou sorcière !

— Et toi, tu as été initié ?

— Quand j'ai eu quatorze ans. Ma mère est la grande prêtresse du cercle de Starlocket. J'ai étudié la Wicca pendant des années. Et je continue, même si j'ai dix-huit ans – enfin, dix-huit ans moins un mois…

— Alors, tu es un sorcier, ai-je murmuré.

— Oui. Et qui sait ? Peut-être l'an prochain, à cette époque, tu seras une sorcière, toi aussi. Et Rose aussi. Et tous ceux qui le voudront pourront être sorciers…

Il m'a adressé un dernier sourire, puis il s'est éloigné.

Et, de nouveau, j'ai eu froid aux fesses.

10.

Le feu

« Si une femme couche avec un sorcier des Sept Maisons, elle ne portera point de fruit qu'il ne l'ait décidé. Si un homme couche avec une sorcière des Sept Maisons, elle ne portera point de fruit. »

Gunnar Thorvildsen,
Us et coutumes des sorcières, 1740.

★

Ce soir, j'ai envoyé un message. Rêveras-tu de moi ? Viendras-tu à moi ?

★

— Tu ne veux pas venir avec nous ? m'a demandé pour la énième fois Mary K. Il paraît que le film est génial. Et Brice sera là…

— Désolée, je sors aussi, lui ai-je répondu. Vous avez rendez-vous où ?

— Directement au ciné. C'est la mère d'une copine qui fait le taxi. Dis, qu'est-ce que tu penses de Brice ? Il est dans ta classe, non ?

— En effet. J'ai appris qu'il te draguait...

— Qu'est-ce que tu racontes ! Il est très gentil avec moi, c'est tout.

— C'est vraiment tout ?

— On verra... Bon, elle est où, ta fête ?

— Chez Nicolas.

— Quoi ? Le nouveau sex-symbol du lycée ? Va falloir faire un effort de tenue, Morgane... Tiens, pourquoi tu ne mettrais pas ça ?

Elle m'a tendu un top vert foncé que Margaret, la grande sœur de maman, m'avait offert. Je l'adore, mais comme elle ne parle plus à Hélène depuis des années, j'ai le sentiment de trahir ma tante préférée quand je porte les vêtements que me donne Margaret.

— J'aime pas cette couleur, ai-je grogné.

— Elle va super-bien avec tes yeux, a tranché Mary K. Mets ton pantalon noir avec, tu verras...

J'ai obéi pour voir. Le résultat n'était pas concluant.

— Non, non, non, ai-je martelé. Ce truc m'arrive juste sous la poitrine, on ne verra que mes fesses...

— Elles sont géniales, tes fesses ! a protesté ma sœur.

— Mais oui, elles sont géniales, a renchéri Bridget en entrant dans ma chambre. On y va ?

Elle portait un top de velours marron très moulant qui mettait en valeur ses seins, et un pantalon baggy, dix bons centimètres en dessous. Autour du nombril, elle s'était collé une décalcomanie en forme de rayons de soleil.

Elle était stupéfiante ! Cheveux noirs au vent, lèvres mordorées... Elle rayonnait d'un charme magnétique.

Je ne faisais décidément pas le poids.

Pendant que Bridget s'impatientait, j'ai fini mes préparatifs : j'ai passé une grande chemise de papa pour ne pas mourir de froid dès que je mettrais le nez dehors, et je me suis coiffée.

— On prend ma voiture, a annoncé Bridget. Elle remarche. Au fait, tu as la permission de quelle heure ?

— Une heure. Cela dit, mes parents seront sûrement endormis quand je rentrerai ; donc, si j'ai un peu de retard, ils ne s'en apercevront pas.

— Génial !

Bridget, elle, n'a pas d'horaire à respecter. Avec son père, elle se comporte moins comme une fille que comme une coloc.

Dès que j'ai fermé ma portière, elle a démarré à fond de train et n'a pas hésité une seule seconde sur la route à emprunter. Le chemin pour aller chez Nicolas, elle le connaissait déjà par cœur.

★

Nicolas habitait au cœur du quartier historique de Widow's Vale. Sa maison se remarquait de loin. Gigantesque. Tout en pierre.

Au centre de la façade, un vaste porche à colonnades s'élevait jusqu'au premier étage, formant un balcon envahi par le lierre. Le jardin était luxuriant et donnait une impression de nature laissée à l'état sauvage. Par comparaison, les malheureux rhododendrons qui décoraient notre pelouse semblaient bien piteux...

La porte d'entrée en bois massif s'est ouverte devant nous. Une femme est apparue, vêtue d'une longue robe mauve foncé, élégante et toute simple, mais qui devait coûter une fortune. Elle avait des cheveux bruns, une peau sans la moindre ride, et des pommettes saillantes sous de grands yeux dorés en amande.

— Bonsoir ! a-t-elle lancé en souriant. Je suis Selene Belltower[1], la mère de Nicolas. Je me réjouis de faire votre connaissance ! Vous, vous êtes Bridget, n'est-ce pas ? Enchantée, vraiment... Mon fils m'a beaucoup parlé de vous. De vous aussi, Morgane !

1. Littéralement : Cloche de la tour.

Elle a vrillé ses yeux sur moi. Son regard m'a transpercée de part en part. J'ai cligné des yeux. Je me suis passé une main sur le front. Puis elle a détourné le regard, et mon malaise s'est dissipé.

— Nicolas est dans sa chambre, a-t-elle déclaré en désignant l'impressionnant escalier en bois sculpté. C'est au deuxième étage. Quelques-uns de vos camarades sont déjà arrivés.

— Elle est cool, hein ? a chuchoté Bridget dès que Selene s'est éloignée.

J'ai opiné, encore un peu perturbée par le regard de cette femme étrange.

Mais je n'étais pas au bout de mes surprises.

La chambre de Nicolas occupait tout le dernier étage de la maison – qui avait dû être un grenier, jadis. Les murs étaient percés d'une multitude de petites ouvertures variées : quelques-unes étaient carrées, d'autres arrondies ; certaines étaient transparentes, d'autres de verre teinté, à la manière de vitraux. L'immense pièce était mansardée, avec un toit très pentu : la hauteur sous plafond passait de trois mètres au faîtage à un mètre sur les côtés. Les lames du plancher étaient en bois sombre, et les murs recouverts de bardeaux. Dans un coin trônait un vieux bureau, jonché de livres de classe.

J'ai suivi l'exemple de Bridget, qui avait jeté sa veste sur un banc et enlevé ses chaussures.

J'ai repéré une cheminée qui m'avait échappé au premier abord. Sur son imposant manteau, une trentaine de bougies de couleur crème se consumaient. Elles avaient des tailles très variées. D'autres sources de lumière coloraient la scène : de gros cierges brûlaient alentour, tantôt sur des chandeliers en fer forgé, tantôt à même le sol, tantôt sur des vases de verre, tantôt sur des piles de vieux livres. Les ombres qu'ils projetaient ondulaient sur les murs.

Mes yeux se sont arrêtés sur le lit de Nicolas, disposé dans une vaste alcôve. C'était un grand lit, bas, d'acajou ou d'ébène, sur lequel reposait un futon. Les draps, en lin, n'avaient pas été tirés. Comme si notre hôte venait de se lever. De part et d'autre, sur des tables basses, brûlaient des bougies aux couleurs vives.

Nicolas est venu vers nous dès qu'il nous a aperçues :

— Bonsoir, Morgane ! Bridget, c'est sympa d'être revenue…

Donc elle était déjà venue ici.

Dans cette pièce.

Et elle ne m'avait rien dit.

— Merci de l'invitation, ai-je murmuré, tandis qu'il nous entraînait vers les autres invités que l'ombre avait dissimulés à ma vue.

Xavier était déjà là, un verre à la main. Betty se tenait derrière lui ; elle avait teint ses cheveux en blond – elle changeait de couleur selon son humeur. Elle avait la peau brune et les yeux verts ; dans mon esprit, je la comparais souvent à une lionne, alors que je trouvais à Rose des airs de panthère. Lorsqu'elles étaient côte à côte, elles formaient un couple qui ne passait pas inaperçu.

— Joyeux esbat ! nous a lancé Xavier.

— Joyeux esbat ! lui a répondu Bridget.

J'ai aperçu Jeanne sur les genoux de Matthieu, qui discutait avec Sophie. J'avais toujours trouvé que cette fille avait de la chance : elle était belle, bien faite et son père gagnait plus que largement sa vie. Nicolas avait-il des vues sur elle ?

Une odeur de patchouli a signalé l'arrivée de Rose – blouson noir, pantalon noir, collier de cuir noir autour du cou –, suivie de près par Étienne – longs cheveux bouclés en bataille et l'air halluciné... comme toujours.

— Bien, je crois que tout le monde est arrivé, a annoncé Nicolas. La semaine dernière, nous avons célébré Mabon et formé un cercle de bannissement. Ce soir, j'ai pensé que nous pourrions former un cercle informel pour mieux nous connaître les uns les autres. Alors... au travail !

Il a pris un morceau de craie et a tracé un vaste rond sur le plancher. Il dessinait à main levée, et cependant le cercle était parfait.

— On peut former le cercle à partir de n'importe quoi, a expliqué Nicolas. Un ruban, une série d'objets – des coquillages ou des cartes de tarot, par exemple, ou des fleurs, pourquoi pas... L'essentiel est de représenter la concentration d'énergie magyque.

Nous nous sommes avancés dans le cercle de craie, que Nicolas a clos, puis parsemé de sel :

— Je place la salière au nord, afin de signaler la position de l'un des quatre éléments : la terre, féminine et nourricière.

Il a déposé un bâtonnet fumant dans un petit bol de cuivre rempli de sable, et a commenté :

— Cet encens, positionné à l'est, symbolise l'air, un autre élément essentiel. L'air est intellectuel, il permet la communication. Le cierge que j'allume au sud représente un autre élément : le feu, autrement dit la transformation, le succès, la passion. C'est un élément très fort.

En regardant la flamme, j'ai repensé aux mots de l'autre jour :

Lumière du feu,
Tu fais étinceler mon âme !

— Enfin, je mets à l'ouest cette bassine d'eau. L'eau est le quatrième élément. Il représente nos émotions, l'amour, la beauté, la guérison. Chaque élément a ses signes : les Gémeaux, la Balance et le Verseau sont des signes de l'air ; le Cancer, le Scorpion et le Poisson sont des signes de l'eau ; le Taureau, la Vierge et le Capricorne sont des signes de la terre ; le Bélier, le Lion et le Sagittaire sont des signes de feu.

Nicolas m'a regardée. Avait-il senti que j'étais Sagittaire ?

— Et maintenant, joignons nos mains ! a-t-il lancé.

Je me trouvais entre Xavier et Matthieu, loin de Nicolas qu'entouraient Bridget et Rose. Le maître de cérémonie a baissé la tête et suggéré :

— Fermons les yeux et concentrons-nous sur nos pensées. Quand j'aurai compté jusqu'à quatre, nous inspirerons et expirerons lentement pour apaiser notre esprit et éloigner de nous nos soucis. Il n'y a ni passé ni futur. Juste le présent. Nous. Ici. En ce moment. Rien d'autre.

J'ai suivi les consignes de Nicolas. Et j'ai senti que je me détendais. Je percevais le souffle discret des autres, tout en ayant l'impression de flotter hors du cercle et de regarder d'en haut ce qui s'y passait.

— Ce soir, nous allons réaliser un rite de purification et de concentration, a expliqué Nicolas. Samhain, notre nouvel an, approche. Beaucoup de sorciers multiplient les exercices spirituels, en ce moment.

Nous nous sommes mis en marche – dans le sens des aiguilles d'une montre, cette fois. Un instant, j'ai hésité. Et si je m'évanouissais de nouveau ? Mais je ne voulais pas partir. Alors, j'ai décidé que j'irais jusqu'au bout... On verrait bien !

Nicolas a entonné un cantique, que nous avons répété après lui :

Eau, lave-nous.
Air, purifie-nous.
Feu, enflamme-nous.
Terre, recentre-nous.

Nous avons chanté ensemble pendant plusieurs minutes. J'ai vu les membres du cercle se décontracter. Ils paraissaient plus légers. Moins tendus. Même Étienne et Rose. Bridget dévorait Nicolas des yeux. Xavier avait serré les paupières.

Nous avons accéléré le pas. C'est à cet instant que j'ai perçu qu'une boule d'énergie se formait à l'intérieur du cercle. Rose avait fermé les yeux. Pas Nicolas, qui m'a regardée intensément. Mes cheveux prenaient vie, crépitaient d'énergie ; et j'ai vu une ombre lumineuse – une sorte d'auréole rouge – briller autour de la tête de Nicolas.

J'étais sidérée. Et je l'ai été plus encore quand j'ai vu que tout le monde en avait une : celle de Jeanne était argentée ; celle de Matthieu, verte ; celle de Rose, orange ; celle de Xavier cernée de blanc ; celle de Bridget, orange pâle ; celle de Betty, noire ; celle d'Étienne, brune ; et celle de Sophie, rose comme ses joues. Et moi ? En avais-je une ? De quelle couleur était-elle ?

Soudain, la ronde s'est arrêtée, et nous avons levé nos mains. J'avais le cœur et la tête en feu, j'étais essoufflée, mais je tenais bon.

— Que l'énergie nous nettoie de nous-mêmes ! s'est exclamé Nicolas en se frappant la poitrine.

Nous l'avons imité. J'ai senti une grande chaleur m'envahir. J'étais calme. Paisible. Et méfiante.

Aussitôt, j'ai senti la nausée m'envahir. Mes jambes commençaient à se dérober.

Instantanément, Nicolas a traversé le cercle pour venir jusqu'à moi.

— Assieds-toi ! m'a-t-il ordonné en appuyant sur mes épaules. Touche le sol avec ton front !

Dès que mon front a touché le plancher froid, je me suis sentie mieux. Je n'étais plus oppressée, je respirais normalement.

— Qu'est-ce qu'elle a, encore, celle-là ? a grogné Rose.

— Elle a canalisé trop d'énergie, a dit Nicolas, qui gardait une main sur mon cou. Comme pour Mabon. Elle est ultra-sensible. Un fluide d'énergie exceptionnel…

Je suis restée ainsi, le front contre le plancher, pendant une bonne minute. Puis Nicolas m'a demandé :

— Ça va mieux ?

Je me suis redressée. J'ai acquiescé. Physiquement, cela allait mieux, en effet. Par contre, j'étais morte de honte.

— Veux-tu nous dire ce que tu as éprouvé ? m'a proposé Nicolas.

De deux choses l'une : soit les autres avaient vu nos auras, et je ne leur apprendrais rien ; soit ils n'avaient rien vu, et ils me prendraient pour une folle.

— N… non, ai-je bégayé.

— C'est ton droit le plus strict, a conclu Nicolas. Bon, nous avons encore formé un cercle exceptionnel, ce soir ! Nous avons bien mérité d'aller piquer une petite tête !

11.

L'eau

« Les nuits de pleine lune ou de nouvelle lune sont spécialement indiquées pour les pratyques magyques. »

Marek Hawksight,
Manuel des rituels lunaires, 1978.

★

— « Piquer une petite tête » ? a répété Bridget.

— Il y a une piscine chauffée, derrière la maison, a annoncé Nicolas.

— Génial ! ont crié Jeanne et Étienne.

Nous avons suivi notre hôte jusqu'à un patio de pierre, en bas des escaliers. La lueur pâle du clair de lune donnait un aspect fantomatique au décor. Sans ma veste ni mes chaussures, j'ai frissonné.

Nous avons marché sur une pelouse qui, sous mes pieds nus, m'a semblé douce comme du velours. Au-delà, s'étendait une piscine rectangulaire très simple. Pas de plongeoir, pas d'échelle ou de rambarde métallique. Cependant, à chaque coin, se dressaient de grandes colonnes de pierre couvertes de lierre. De l'autre côté de la piscine, j'ai aperçu un pavillon de jardin.

Je me suis retournée. Et j'ai ouvert de grands yeux. Jeanne et Matthieu étaient déjà nus. Bridget ôtait son soutien-gorge. Rose et Betty se déshabillèrent mutuellement avant de sauter ensemble dans la piscine. Xavier et Étienne finissaient d'enlever leurs sous-vêtements. Désarçonnée, j'ai détourné le regard. Et j'ai vu Nicolas.

Nu.

Il a posé une main sur mon épaule. J'ai sursauté.

— Ne t'inquiète pas, m'a-t-il rassurée. Aucune orgie n'est prévue au programme...

— Ce... c'est pas ça... Mais j'attrape froid facilement, et...

— Tu n'attraperas pas froid, promis.

Même s'il disait vrai, je n'étais pas pressée de sauter dans l'eau.

Étienne a plongé. Rose et Betty avaient entamé une bataille d'eau ponctuée d'éclats de rire. Nicolas m'a pressé l'épaule :

— Allez, Morgane...

— Non... Je ne peux pas...

Il a attendu, patiemment. Si nous avions été seuls, j'aurais sans doute fini par céder. Mais, devant les autres, c'était hors de question. Toutes les filles étaient plus jolies que moi. Mille fois mieux faites. Avec des seins plus gros – ceux de Sophie me paraissaient soudain spectaculaires.

— Personne ne te fera de mal, je t'assure... a insisté Nicolas.

— Ce n'est pas ça non plus...

— Tu sais, l'eau a beaucoup d'effets très spéciaux ! Être entouré d'eau, surtout sous la lune, a quelque chose de particulier... C'est excellent pour l'énergie. J'aimerais que tu éprouves cela. Tu n'as qu'à te mettre en culotte et soutien-gorge, si tu v...

— Je ne porte pas de soutien-gorge, l'ai-je coupé sans attendre. Je n'en ai pas besoin, figure-toi. Ça se voit, non ?

J'ignore pourquoi j'ai lâché ça. Et pourquoi il continuait à me sourire sans éclater d'un rire moqueur.

— Et alors ? m'a-t-il demandé.

— Alors, c'était très bien, merci pour le cercle, mais je dois rentrer, maintenant.

J'ai tourné les talons et me suis immédiatement rappelé que j'étais venue avec Bridget. Donc que j'allais avoir droit à une longue marche dans le froid pour rentrer. Et pas mal de temps pour ruminer mon humiliation.

C'est là que j'ai senti la main de Nicolas se poser sur moi et caresser mon cou. Son autre main a sinué sous mes genoux. Et il m'a prise dans ses bras.

J'étais légère. Une plume. Je ne respirais plus, ne pensais plus aux autres. Nicolas m'emportait vers la piscine. Et, brusquement, j'ai senti que nous étions au cœur de l'eau. Une eau qui avait l'exacte température de mon sang. Nicolas et moi étions pressés l'un contre l'autre sous la lune.

C'était terrifiant. Étrange. Mystérieux. Bouleversant.

Et magyque…

12.

Ce qui arrive

« Si tu es pris entre deux feux, couche-toi à terre et dis tes prières. »

Vieux dicton écossais

★

Le lendemain matin, au retour de la messe, j'ai trouvé Bridget qui m'attendait sous le porche, devant chez moi. Elle m'a accompagnée dans ma chambre ; et, pendant que j'enlevais la robe que j'avais mise pour l'office, elle a sifflé :

— Je croyais que tu étais mon amie !

— Bien sûr que je…

— Non ! Ou alors, explique-moi ce qui s'est passé entre Nicolas et toi, dans la piscine !

— Comment veux-tu que je t'explique ? Je sais que tu es folle de Nicolas. Je sais que tu es mille fois mieux que moi. Je n'ai rien fait. Et, d'ailleurs, il ne s'est rien passé !

— Tu aurais bien aimé, hein ? Tu jouais les effarouchées en espérant qu'il allait t'arracher tes vêtements, pas vrai ?

— T'es complètement folle ! S'il avait fait ça, mon genou aurait aussitôt rencontré une partie sensible de son anatomie, crois-moi !

Bridget m'a saisie par le bras et a craché :

— Je crois que tu ne m'as pas comprise. Ce mec-là, je ne le trouve pas juste craquant ou sexy. Je l'aime, t'as pigé ? Je l'aime et je le veux. Alors lâche-le !

— Et toi, envoûte-le mieux que ça ! Je ne suis pas responsable de ce qu'il fait, d'accord ? D'autant qu'à mon avis, il ne s'intéresse à moi que pour que je devienne une sorcière...

Bridget m'a relâchée. Dans le feu de la colère, j'avais sans doute visé juste.

— Écoute, ai-je repris plus calmement, je ne sais pas à quoi il joue, mais moi, je ne lui cours pas après, O.K ? Et si ça ne te suffit pas, tant pis pour toi !

Bridget m'a fixée un instant, puis elle s'est assise sur mon lit et a expliqué :

— D'accord. Tu as raison. Je m'excuse. C'est juste que... quand je t'ai vue dans ses bras... je suis devenue folle de jalousie... Jamais je n'ai désiré un garçon autant que lui... Tout ce week-end, je l'ai dragué... et rien, aucun effet... On dirait qu'il ne remarque même pas que j'existe ! Alors que toi…

— C'est peut-être à cause de la Wicca, ai-je répété. Il sait que je m'y intéresse. Et le fait que je réagisse aussi fort aux cercles doit l'intriguer...

Bridget a levé les yeux vers moi. Ils étaient remplis de larmes.

— Est-ce que… est-ce que tu fais semblant ou est-ce que… est-ce que tu t'évanouis pour de bon ?

— Non mais ça va pas, Bridget ? ai-je explosé. Bien sûr que je ne fais pas semblant ! Qu'est-ce que tu t'imagines ?

— R… rien… a-t-elle bégayé.

Puis elle s'est approchée de moi et m'a serrée contre elle en sanglotant.

— Je suis désolée, a-t-elle fini par lâcher.

— Laisse tomber, ai-je articulé en lui caressant les cheveux.

— Tu me pardonnes ?

J'ai hésité un instant avant de la rassurer.

— Quand même, a-t-elle insisté, l'autre soir, tu as tout fait pour que Nicolas te remarque…

— Au contraire ! Je ne voulais pas me mettre nue parce que… parce que je suis timide. Et réaliste. Même pour tout l'or du monde, je n'aurais pas enlevé mon chemisier.

— Pourquoi ?

— Regarde-moi ! Tu m'imagines toute nue devant les mecs du lycée ? Je serais bonne pour le surnom de Mlle Planche à Pain *ad vitam aeternam* !

— Tu t'es mise nue devant les mecs du lycée ? a répété la voix rieuse de ma sœur.

— Tous aux abris ! ai-je grogné. V'là Mary K. !

— La prochaine fois, tu m'invites, a-t-elle exigé. Je ferai un malheur...

— Tu ne te mets nue devant personne ! ai-je protesté. Tu as quatorze ans, quoi qu'en pense ce petit crétin de Brice !

— Tu sors avec Brice ? s'est étonnée Bridget. Je suis sortie avec lui, en troisième...

— Et que s'est-il passé ? s'est enquise Mary K.

— Je l'ai largué pour Ranjit. Il a de trop beaux yeux...

— Et après, Ranjit t'a larguée pour Leslie, non ? ai-je complété. Ils sont toujours ensemble, d'ailleurs...

Bridget a haussé les épaules :

— Que veux-tu ? Ce qui arrive arrive. C'est l'un des principes de base de la Wicca.

13.

Tensions

« Celui qui regarde de tous ses yeux voit les marques de la Maison sur ses enfants. Ces marques peuvent prendre mille formes ; mais un traqueur de sorcières n'aura nulle difficulté à les repérer. »

Frère Paolo Federico,
Notes d'un serviteur de Dieu, 1693.

⋆

Je ne comprends pas ma mère. Carrément pas. Je n'ai rien fait de mal. J'espère qu'elle va se calmer. Il le faut. Il le faut absolument.

⋆

Lundi après-midi, j'ai séché le club d'échecs pour me rendre à Red Kill. J'avais fini mon livre sur l'histoire de la Wicca. J'avais appris quelques petites choses sur les Sept Grands Clans, et je mourais d'envie d'en savoir davantage.

Au bord de la route, les arbres s'étaient parés des couleurs vives de l'automne – comme pour conjurer la petite mort de l'hiver qui les attendait. Devant les fermes, les agriculteurs vendaient des citrouilles, du blé, de l'orangeade et des pommes.

Je me suis garée juste devant *Magye Pratyque*. Quand je suis entrée, j'ai tout de suite vu qu'il y avait d'autres clients. Dont... Paula, la petite amie de ma tante! Nous nous sommes souri, mais j'étais stupéfaite: je ne m'attendais pas vraiment à la trouver là. Après quelques banalités, elle m'a appris qu'un client avait annulé son rendez-vous, et qu'elle en avait profité pour faire un saut.

— J'aime bien venir ici, m'a-t-elle expliqué. L'ambiance... Les odeurs...

— Tu t'intéresses à la Wicca? ai-je demandé.

— Non, non! a-t-elle répondu en riant. Je connais pas mal de gens qui se passionnent pour ça: la Wicca a un côté féministe, donc elle plaît beaucoup aux lesbiennes. Moi, je suis de confession juive. Je venais voir s'ils avaient un livre sur l'homéopathie et le massage en médecine vétérinaire. J'ai assisté à une conférence sur le sujet récemment.

J'ai souri:

— Une conférence sur l'art de masser les pitbulls, par exemple?

— Et pourquoi pas? Les animaux, c'est comme les gens: un simple toucher peut faire des miracles... Mais toi, dis donc, quelle surprise de te trouver ici!

— Oh, c'est juste que... j'ai beau être catho, je trouve la Wicca... pas inintéressante.

— J'imagine que ça dépend de ce qu'on y apporte, suggéra Paula.

— Sans doute... Tu diras bonjour à Hélène de ma part?

— Promis!

J'ai quitté Paula, et je me suis avancée vers les étagères. J'ai trouvé un ouvrage sur les différences entre les diverses branches de la Wicca: le Pecti-Wita, le Caledonii, le Celtic, le Teutonic, le Strega, d'autres encore... Je l'ai pris et j'ai continué ma visite. J'ai repéré une bougie représentant un homme et une femme réunis. J'ai pensé à Nicolas et à moi. Puis à Nicolas et à Bridget. Si je brûlais cette bougie, Nicolas viendrait-il à moi? Dans ce cas, comment réagirait Bridget?

C'est alors que j'ai entendu une voix connue m'interpeller. Je me suis retournée. Mme Petrie! Moi qui espérais une petite visite discrète, j'étais servie...

Mme Petrie est plus petite que moi, et toujours impeccable dans ses tailleurs deux pièces avec chaussures assorties. Le dimanche à la messe, elle porte aussi le chapeau qui va avec le costume du jour. Elle a lu à haute voix le titre de mon livre et a commenté :

— Tu prépares un exposé, je suppose !

— Euh… oui, nous travaillons sur les différentes religions…

— Très intéressant…

Elle s'est approchée de moi et m'a glissé, sur le ton de la confidence :

— C'est une boutique unique. Ils vendent parfois des articles horribles, mais les patrons sont très gentils.

— Et vous, vous venez pour quoi ?

— Les herbes ! Je suis un de leurs fournisseurs. Je cultive aussi des herbes pour quelques restaurateurs de la ville et pour le magasin bio de Main Street. Bon, il faut que je file… À dimanche, Morgane ! Transmets mes amitiés à tes parents.

« C'est ça, allez, du balai ! » ai-je pensé.

J'étais enfin débarrassée de cette femme quand j'ai senti des yeux posés sur ma nuque. C'était le vendeur de la dernière fois.

— Je savais que tu reviendrais, a-t-il déclaré. Tu as la marque de la Déesse sur toi. De quel clan es-tu ?

— Je… D'aucun clan.

— En es-tu sûre ?

J'ai acquiescé vivement et je lui ai tendu l'argent pour le livre.

Les Sept Grands Clans n'existaient pratiquement plus. Au cours des derniers siècles, ils avaient à peu près disparu. Quant à moi, marque de la Déesse ou pas, je n'appartenais qu'à un clan : la famille Rowlands !

*

Ce soir-là, Mary K. avait sévi aux fourneaux. C'était donc à mon tour de faire la vaisselle.

J'attaquais les verres quand la porte de la cuisine s'est ouverte d'un coup. Je me suis retournée. Mes parents me fixaient, mes livres de magye à la main.

— C'est à toi ? m'a demandé maman.

— Euh... Moui, pourquoi ?

— En effet, pourquoi as-tu ce genre de lecture ?

— Parce que je trouve ça intéressant.

— C'est la nouvelle mode, au lycée, ou c'est une nouvelle lubie à toi ?

— Attends... Je comprends pas, là. Il est où, le problème ?

— Nous préférerions que tu ne perdes pas ton temps avec ces inepties sur la sorcellerie, a résumé papa.

— Je... je vois pas pourquoi.

— Tu ne vois pas pourquoi ? a rugi maman. Vraiment ?

— Ne t'emporte pas, Mary Grace, a soufflé mon père.

— Réponds, Morgane ! Tu ne vois vraiment pas pourquoi ?

— Ben… non. C'est pas de la magie noire… C'est pas dégueulasse… C'est des histoires de communion avec la nature, de pleines lunes… Y a pas mort d'homme, si ?

— Explique-lui, Jack ! a exigé maman.

— Eh bien, Morgane… Je crois que nous sommes plutôt larges d'esprit et tolérants. Mais nous sommes catholiques. C'est notre religion. Nous appartenons à l'Église catholique, une, sainte et apostolique. Et l'Église ne peut pas accepter en son sein des sorciers ou des apprentis sorciers.

— J'y crois pas ! ai-je lâché. Quand je vous entends, quand je vous vois, là, j'ai l'impression d'avoir commis un crime ! On ne parle que de la Wicca, d'accord ? Je ne vois pas pourquoi vous vous mettez dans cet état ! En plus, les catholiques ont repris plein de traditions de la Wicca – les œufs de Pâques, le gui pour décorer nos maisons à Noël ; sans parler de…

— Morgane, nous croyons en Dieu, m'a interrompue ma mère. Nous sommes catholiques. Je ne veux plus un livre sur la sorcellerie dans cette maison. Est-ce bien clair ?

Je l'ai regardée avec de grands yeux. J'avais l'impression d'avoir affaire à une extraterrestre. Son rictus furieux, ses yeux qui lançaient des éclairs, ses lèvres pincées, et cette expression curieusement inquiète qui s'ajoutait à la colère...

Je suis restée silencieuse.

— Est-ce bien clair ? a répété maman.

— Je ne comprends pas à quoi tu joues, lui ai-je répondu honnêtement.

— MONTE DANS TA CHAMBRE ! a-t-elle hurlé.

J'ai sursauté. Chez les Rowlands, on n'élève pas la voix. Jamais.

— Mary Grace...

— Dépêche-toi, Morgane ! a-t-elle crié. Disparais ! Et réfléchis un peu à ta conduite !

J'ai reposé mon éponge. Posément, je me suis rincé les mains et me les suis essuyées. J'ai quitté la cuisine sans me presser. Je suis montée dans ma chambre d'un pas lent. Et j'ai essayé de ne pas pleurer en me concentrant sur la question du soir : pourquoi maman avait-elle si peur de la Wicca ?

14.

Profondément amoureuse

« Longtemps, le roi et la reine espérèrent un enfant. Ils finirent par adopter une orpheline. Mais ils n'eurent pas de chance, car l'enfant était appelée à devenir énorme et à les dévorer avec ses dents de fer. »

Conte traditionnel russe

★

Quand Mary K. a appris la crise de nerfs de maman, elle a fait la moue en grognant :

— Tu bouquinais des trucs de sorcellerie ? Encore, si t'avais lu des romans pornos…

Bridget et les autres n'en croyaient pas leurs oreilles. Sauf Xavier : ses parents sont des cathos encore plus stricts que les miens. Il ne devait pas parler souvent de la Wicca avec eux.

— Tu peux laisser tes livres chez moi, m'a proposé Bridget. Mon père s'en fiche.

— T'as qu'à leur dire d'aller se faire voir, m'a conseillé Rose. À bas le fascisme et l'État policier !

Bridget a éclaté de rire :

— Surtout, invite-moi avant ! Je veux découvrir la tête que tireront Jack et Mary Grace quand tu leur diras d'aller se faire voir !

— Le problème, Rose, c'est que Morgane aime ses parents, a dit Nicolas d'une voix calme. N'est-ce pas, Morgane ? Tu les aimes et tu respectes leurs sentiments. Si j'étais à ta place, je serais... brisé, moi aussi.

À ce moment-là, j'ai compris que je tombais profondément amoureuse de Nicolas.

Bridget m'a jeté un drôle de regard. Je priais le ciel que mes sentiments ne se lisent pas sur mon visage. Comment ne pas éprouver de l'attirance pour ce garçon ! Il était beau. Intelligent. Il me comprenait. Dans le rôle du Prince charmant, on ne pouvait rêver mieux...

— Tu dois prendre une décision difficile, a-t-il poursuivi. Moi, j'ai de la chance : la Wicca est la religion dans laquelle j'ai été élevé, dans laquelle je vis... Par contre, si je disais à ma mère que j'ai décidé de devenir catholique, elle deviendrait folle. Et je ne sais pas comment je réagirais. Pourtant...

Il a inspiré un coup puis repris :

— Pourtant, comme dit le proverbe, « chacun sa route, chacun son chemin ». On ne peut pas toujours se laisser conduire sur des voies qui ne nous correspondent pas. Un jour ou l'autre, on doit prendre une décision. J'espère que tu choisiras de continuer à explorer la Wicca, Morgane. Je pense que tu as un don, une sensibilité particulièrement appropriée pour cela. Cependant, je comprendrais si tu renonçais.

Chris est arrivé en courant au milieu de nous, suivi de Thierry Heywood.

— Oups, désolé ! s'est-il exclamé. J'vous avais pas vus, les sorciers !

— Va te faire foutre, a grommelé Rose.

— Vous étiez peut-être en train de lancer des sorts ? a-t-il demandé en l'ignorant. Vous croyez que c'est autorisé dans l'enceinte du lycée ?

— Chris… a soufflé Bridget.

— Tais-toi, on a rien à s'dire, l'a-t-il coupée. T'es pas ma cop…

La sonnerie l'a interrompu et j'ai senti que ça l'arrangeait. Il s'est éloigné après un dernier regard noir.

Nous nous sommes dirigés vers nos salles de classe respectives. Quand je me suis retournée, Bridget avait posé une main sur le bras de Nicolas et lui parlait à l'oreille.

⋆

Dans les jours suivants, j'ai déposé mes livres de magye chez Bridget. Son histoire avec Nicolas patinait. Ce qui ne l'inquiétait pas outre mesure. Les garçons finissaient toujours par craquer pour elle.

J'ai essayé de traîner un peu avec Tamara et Janice, que j'avais perdues de vue depuis que mes aventures magyques avaient commencé. Mais les histoires de sorcellerie me trottaient toujours dans la tête.

Maman a été soulagée quand je lui ai annoncé qu'il n'y avait plus un livre de sorcellerie à la maison. Soulagée et un brin embarrassée. Pourtant, le truc bizarre, c'est que j'ai senti plusieurs fois son regard s'attarder sur ma nuque, comme j'avais senti celui du vendeur de *Magye Pratyque*. Elle attendait de me voir pousser des cornes ou quoi ?

Indifférent à mes inquiétudes, l'automne continuait de tomber lentement sur Widow's Vale. Les jours raccourcissaient, le vent rafraîchissait. Néanmoins, par moments, la nature paraissait en suspens – les feuilles, la lumière du soleil... J'avais l'intuition qu'un grand événement se préparait.

Un samedi après-midi, je m'escrimais sur mes devoirs quand le téléphone a sonné.

« Nicolas », ai-je pensé avant de m'emparer du téléphone.

C'était lui.

— Ce soir, on forme le cercle chez Matthieu. Tu viens ?

J'ai hésité. En réalité, j'hésitais depuis un moment. Je désobéissais à mes parents en allant lire des livres sur la Wicca chez Bridget – je m'étais arrangée avec ma conscience, en décrétant que c'était pour ma culture générale et que ça pourrait m'être utile pour mes études. Mais pratiquer la magye…

— Non, je ne peux pas.

— Tout le monde restera habillé, a-t-il dit, avec une pointe d'humour dans la voix qui le rendait encore plus craquant. Et je ne me jetterai pas à l'eau avec toi. Sauf… sauf si tu en as envie.

« Ma meilleure amie est amoureuse de lui », me suis-je immédiatement dit. Pour hurler aussitôt intérieurement : « Moi aussi, MOI AUSSI, MOI AUSSI… »

— Je… je ne peux pas, ai-je lâché.

— Ah…

Des larmes se sont mises à couler sur mes joues.

— Peut-être la prochaine fois, a-t-il suggéré.

— Peut-être…

— Morgane, tu sais…

— Oui ?

Un silence.

— Non, rien. À lundi. Tu vas nous manquer.

« Nous manquer ». Pas me manquer.

— Désolée.

J'ai raccroché. Et j'ai éclaté en sanglots.

15.

L'abbaye de Killburn

« Chaque plante, chaque animal, chaque être vivant détient une parcelle de puissance. Le temps qu'il fait est puissant, le temps qui passe est puissant ; tout mouvement est puissant. Quand on est en accord avec l'univers, on peut toucher cette puissance. »

Sarah Morningstar,
Être une sorcière, 1982.

★

Le jour de Samhain approche. Le cercle que nous avons formé hier soir était pâle et fragile sans elle. J'ai besoin d'elle. Je pense qu'elle m'est destinée.

★

Un dimanche après-midi de cauchemar : voilà ce que je vivais. J'étais à l'arrière d'un vieux bus avec un groupe de joyeux et fervents catholiques qui se rendaient à l'abbaye de Killburn, réputé pour être l'endroit le plus déprimant du monde.

— J'hallucine, ai-je murmuré à Mary K. Je n'attends pas un môme de père inconnu. Je n'ai pas de problème de drogue. Je n'ai pas chopé de MST. Je n'ai pas volé de parfum au centre commercial. Non, tout ce que j'ai fait, c'est acheter des livres. Des LIVRES !

— On arriiive ! a pépié Mlle Hotchkiss.

Mlle Hotchkiss est une vieille fille dans tous les sens du terme. C'est aussi la sœur de monsieur le curé… et sa bonne à tout faire.

Nous sommes sortis du car dans une atmosphère de franche gaieté : les nuages étaient lourds, bas et gris. Il allait pleuvoir d'un instant à l'autre. Autour de nous, pas un chant d'oiseau. Le silence.

Et, devant nous, un décor ravissant : des murs de ciment de trois mètres de haut, éprouvés par le passage du temps. Au milieu, deux portes noires et massives, posées sur des gonds monumentaux.

Lentement, le battant de droite a grincé, et une femme s'est avancée avec un sourire que rien ne justifiait.

— Bonjour à tous ! a-t-elle lancé. Je m'appelle Karen Breems et je suis heureuse de vous souhaiter la bienvenue à l'abbaye de Killburn.

Vous êtes devant l'un des plus anciens couvents de l'État de New York. Il n'y a plus de sœurs, ici, depuis le rappel à Dieu de sœur Clémence, en 1987. Aujourd'hui, cet endroit est devenu un musée et un lieu de retraites spirituelles.

Lorsque nous sommes entrés dans la cour, le gravier a crissé sous nos pieds. Pas une plante pour embellir l'endroit. Du gris à perte de vue. Et pourtant, de manière incompréhensible, un sentiment de paix intérieure – presque de joie – m'a envahie peu à peu.

— Je ne savais pas qu'on allait visiter la prison de Killburn, a grommelé Mary K.

— Ce n'est pas une prison, c'est un sanctuaire, ai-je rectifié.

Nous avons parcouru les cellules de pierre, aux fenêtres pourvues de barreaux, où les sœurs dormaient sur des lits de bois recouverts d'une fine paillasse. Nous sommes passés devant une cuisine à l'ancienne, avec un immense plan de travail en chêne et une impressionnante batterie de marmites et faitouts en cuivre. En plissant les yeux, je pouvais imaginer une sœur vêtue de noir, jetant des herbes dans de l'eau bouillante, préparant des potions médicinales et nettoyant des simples[1] pour ses compagnes souffrantes.

« Une sorcière », ai-je pensé.

1. Plantes médicinales.

— L'abbaye vivait presque en autarcie, a expliqué Mme Breems, en nous incitant à la rejoindre dans un grand jardin à l'abandon. Elle n'avait pas besoin du monde extérieur. Les sœurs faisaient pousser des légumes et des fruits en abondance. Elles en mettaient une partie en conserve pour passer les mois d'hiver. À ses débuts, le potager n'était pas la seule source de subsistance : les sœurs élevaient aussi des moutons et des chèvres. Elles pouvaient ainsi produire leur lait, leur viande et leur laine. Nous sommes actuellement dans le potager, entouré d'un mur qui s'enfonce à un mètre dans le sol et s'élève, vous le voyez, à près d'un mètre cinquante. Ceci avait pour objectif non pas d'empêcher les sœurs de s'enfuir, mais de protéger la récolte des animaux sauvages, tels que les lapins, les biches et les daims. Vous remarquerez, un peu plus loin, que le jardin d'agrément forme une espèce de petit labyrinthe circulaire. C'était une tradition héritée des abbayes européennes.

« Et cela représentait aussi les huit sabbats de l'année », ai-je ajouté pour moi-même, en repérant huit entrées, dont certaines étaient presque effacées par de nombreuses années d'abandon. J'ai repéré les grands moments wiccans : Samhain, Yule, Imbolc, Ostara, Beltane, Litha, Lammas et Mabon.

Bien sûr, les sœurs n'avaient pas adopté

sciemment la roue wiccanne. L'idée les aurait horrifiées. Pour dessiner leur jardin, elles avaient simplement repris une tradition. Ce qui était typique de la Wicca, si ancienne et si naturellement ancrée dans la vie que l'on pouvait la pratiquer sans en avoir seulement conscience.

Pendant que nous visitions le jardin, j'ai mis mes pas dans ceux de Mme Petrie. L'herboriste était à son affaire et ne cessait de commenter :

— Oh, de l'aneth… Encore vivace, cette camomille… Quelle horreur, de la tanaisie ! Je déteste la tanaisie, on ne peut pas la contrôler, elle empêche les autres plantes de pousser…

J'avais l'impression que des ondes de magye me parcouraient le corps. Chaque recoin du jardin, dont plus personne ne prenait soin, était pour moi comme une révélation.

J'ignorais le nom des plantes ; pourtant, j'avais l'intuition de connaître ces pousses. De temps en temps, je me penchais pour caresser les fleurs séchées, les buissons jaunis, les feuilles flétries, les pots vides. Aussitôt, des images et des mots jaillissaient dans ma tête : grande camomille, tilleul d'hiver, dent-de-lion, euphraise, reine-des-prés, colchique, romarin, millepertuis…

Et, dans la brise d'automne, ce n'étaient plus seulement des mots et des visions qui ressuscitaient sous mes yeux : c'étaient aussi le pouvoir de guérir, d'apaiser, de soulager, la vibration de la magie, l'art de relever un plat, la possibilité de fabriquer de l'encens, du savon, des teintures, des poudres odorantes… Mille et une applications m'apparaissaient en un éclair.

Je me suis agenouillée pour toucher un aloès en piteux état. L'aloès, tout le monde s'en sert pour guérir les brûlures et les coups de soleil. Ma mère aussi s'en sert – sans s'inquiéter de savoir s'il s'agissait de sorcellerie ou pas. Non loin poussait un buisson de laurier. L'âge et les aléas climatiques avaient tordu son tronc ; mais, quand je l'ai touché, j'ai perçu sa pureté et sa force. C'était un monde nouveau pour moi. Un monde à explorer. Un monde où me perdre.

Puis j'ai caressé un pied de menthe.

— La menthe ne meurt jamais, m'a affirmé Mme Petrie en me voyant faire. Avec des soins appropriés, elle renaît toujours. En réalité, c'est une plante envahissante. Personnellement, je préfère la faire pousser en pots, de manière à la contenir.

Je l'ai remerciée de ses précisions en lui souriant. Je me sentais bien. Le vent ne me mordait plus. Le froid ne me griffait plus. J'avais envie d'explorer chaque sentier, chaque espace vide où des herbes avaient poussé, où des graines restaient enfouies, attendant le printemps pour renaître à la vie.

Je n'ai pas quitté les plantes jusqu'au moment du départ, qui m'a paru douloureux. Même après avoir franchi les portes du couvent, je les sentais qui m'appelaient.

À cet instant précis, j'ai compris que je ne pourrais jamais me contenter d'apprendre l'histoire de la sorcellerie. J'étais faite pour être une sorcière.

16.

Sorcière-née

« On ne choisit pas d'être ou de ne pas être sorcier. On l'est ou on ne l'est pas. C'est inscrit dans le sang. »

Tim McClellan, alias Feargus l'Éclatant

★

J'en hurlerais de rage. Elle ne vient pas à moi. Et je sais que je ne peux pas la forcer. Ô Déesse ! Donnez-moi un signe !

★

Lundi, après les cours, je suis allée chez *Magye Pratyque* avec Xavier. J'étais presque une habituée désormais. J'ai acheté un ouvrage sur l'usage des plantes en magye, et un livre des ombres, magnifique, avec une couverture aux motifs marbrés et d'épaisses pages couleur crème à l'intérieur. J'envisageais d'y noter mes sentiments sur la Wicca, sur les cercles, ainsi que toutes les pensées qui me passeraient par la tête.

Puis nous sommes allés chez Bridget. Pendant que Xavier bricolait la chaîne stéréo de notre amie, je lisais mon nouveau livre et Bridget feuilletait celui que j'avais acheté sur les Sept Grands Clans.

— Hé ! s'est-elle exclamée. T'as lu ça ? Ils disent que...

Un coup de sonnette l'interrompit.

Jeanne et Matthieu débarquaient.

— Il fait trop, trop froid, dehors ! a gémi Jeanne. Je croyais qu'on aurait droit à l'été indien... tu parles !

— Parle moins fort, est intervenue Bridget avec un sourire. Ici, on travaille.

— Menteuse !

— C'est presque vrai, a rectifié mon amie. J'étais en train de lire un bouquin sur la Wicca. Il raconte que, après des siècles de pratique, chacun des Sept Grands Clans s'est spécialisé dans un domaine de la magye.

— Quels genres de domaines ? s'est enquis Matthieu.

— Eh bien, par exemple, le clan des Woodbane[1] s'est consacré à la magye noire.

1. Littéralement : Poison des bois.

Xavier a poussé un ricanement diabolique, et Matthieu a lâché des gémissements effrayés.

— Je croyais que la Wicca excluait la magye noire ? s'est étonnée Jeanne. Wouah-ouh ! J'adore la couleur de cette bouteille, Bridget. C'est quoi ?

— Bleu céleste. Mais attendez que je finisse. Donc, d'un côté, vous avez les Woodbane.

— Oui, madame, a bêtifié Matthieu.

— De l'autre, vous avez les Rowanwand[1]. Ils se sont spécialisés dans la récolte du savoir magyque. Ils ont écrit les premiers livres des ombres. Ils collectionnaient les sortilèges. Ils exploraient les propriétés magyques du monde qui les entouraient.

— Et que sont-ils devenus ?

— Euh… Attends…

— Ils sont morts, a lancé Nicolas.

Nous avons tous sursauté : il n'avait pas sonné, et nous ne l'avions pas entendu entrer. Matthieu a été le premier à lui sourire :

— Hé, salut, le fantôme !

— Ils sont morts comment ? a aussitôt voulu savoir Xavier.

Nicolas est venu s'asseoir à côté de moi, sur le lit de Bridget, qui a failli hurler de rage.

— Les Woodbane et les Rowanwand étaient en guerre depuis des millénaires. Quant aux cinq

1. Littéralement : Baguette de sorbier.

autres clans, ils changeaient de camp au gré des circonstances.

— C'est qui, les cinq autres ?

— Les Vikroth, les Brightendale[1], les Burnhide[2], les Wydenkell et les Leapvaughn[3], ai-je annoncé d'une traite.

Bridget, qui avait rouvert son livre, m'a regardée avec de grands yeux.

— Je viens de lire ce bouquin, ai-je expliqué.

— Et tu as tout bon, a-t-elle confirmé. Les Vikroth sont des guerriers. Les Brightendale sont des guérisseurs spécialisés dans les plantes. Les Burnhide sont experts en pierres, cristaux et métaux magyques. Les Wydenkell sont d'excellents inventeurs de sorts. Quant aux Leapvaughn, ils sont malins, farceurs et parfois redoutables.

— Les Vikroth sont des descendants des Vikings, a complété Nicolas. Quant aux Leapvaughn, ils sont proches des lutins ou des farfadets[4].

— Et donc les Rowanwand sont morts comment ? a insisté Xavier.

— Au cours des siècles, les batailles les ont durement éprouvés. Leur nombre a diminué.

1. Littéralement : Collines réjouissantes.
2. Littéralement : Brûleurs de cachette.
3. Se prononce : *lipvofn*.
4. En anglais, « farfadet » se dit *leprechaun*.

Les Woodbane avaient pour coutume de tuer leurs ennemis, soit ouvertement, soit par magye noire. Les Rowanwand n'hésitaient pas non plus à châtier leurs ennemis, mais indirectement.

— Comment ça ? a demandé Jeanne en venant s'asseoir près de Matthieu.

— Ils faisaient de la rétention de savoir. Par exemple, si les membres des Vikroth tombaient malades, et si les Rowanwand connaissaient un sortilège capable de les guérir, ils ne le divulguaient pas. Et leurs ennemis périssaient.

— Les ordures ! a grogné Xavier, ce qui lui a valu un regard noir de Nicolas.

La pluie est venue battre aux carreaux. L'idée de devoir rentrer à la maison toute seule ne me plaisait guère.

— Je te rappelle qu'ils étaient en guerre, a poursuivi Nicolas. Et cela a duré jusqu'aux combats de Salem, il y a trois siècles. Alors, un cataclysme a frappé les Sept Grands Clans. Personne ne sait exactement pourquoi cela s'est produit à cette époque. Les sorciers avaient essaimé sur toute la planète. D'un coup, ils ont disparu. Les historiens estiment que, en un siècle, quatre-vingt-dix à quatre-vingt-quinze pour cent des sorciers ont été tués.

— Ces « combats de Salem », ce sont les sorciers qui les ont menés entre eux ? a résumé Bridget, incrédule.

— Ce n'est pas certain. Mais c'est possible que, à force de haine, les sorciers se soient en partie autodétruits.

— Que s'est-il passé, après cette catastrophe ?

— Pendant deux siècles, les sorciers survivants sont passés par ce que nous appelons l'Âge Noir. Les clans ont perdu leur cohésion. Des sorciers de clans opposés se sont mariés. Ils ont eu des enfants qui n'appartenaient plus à aucun clan. Certains ont même épousé de simples mortels, perdant ainsi le pouvoir de procréer.

Bridget s'est penchée pour caresser le genou de Nicolas.

— Tu sais tellement de choses ! a-t-elle susurré.

— C'est normal, je suis dedans depuis tout petit ! a-t-il répondu.

— Et après ? a-t-elle ronronné. Raconte la suite !

— On a oublié les vieilles habitudes et les discordes du passé. Une ère nouvelle s'est ouverte. Les connaissances que des générations et des générations d'humains avaient acquises en magye se sont perdues à tout jamais. Et cela a duré jusqu'à ce que, un siècle plus tard environ, un petit groupe de sorciers, représentant les Sept Grands Clans – ou, du moins, ce qu'il en restait –, réussisse à sortir de l'Âge Noir. C'est alors qu'a commencé ce qui est connu sous le nom de « Renaissance de la culture wiccanne ».

Il a changé de position. La main de Bridget est retombée. Matthieu jouait avec les cheveux de Jeanne. Xavier était allongé sur le tapis, un poing sous le menton :

— On raconte que ce petit groupe a jugé que la lutte entre clans avait favorisé la disparition des sorciers, a-t-il dit. Raison pour laquelle ils ont décidé de ne plus former qu'un seul grand clan et de renoncer à ce qui les avait différenciés par le passé.

— Oui, « l'unité dans la diversité » était devenu leur credo, a confirmé Nicolas. Ils ont incité les clans à s'unir entre eux, et les sorciers à se lier davantage avec les humains. Le petit groupe de sorciers éclairés qui avait lancé cette alliance s'est appelé le Haut Conseil. Ce système perdure. La plupart des cercles qui existent aujourd'hui le doivent à ce Haut Conseil et aux enseignements de ses membres. De nos jours, la Wicca s'étend vite et bien ; les batailles du passé ne sont plus qu'un souvenir. Rares sont ceux qui les prennent encore au sérieux.

— Est-ce que ces histoires de clans ont un rapport avec ces classifications qui opposent les « sorcières-nées » aux autres, par exemple ? ai-je demandé.

Nicolas a plongé son regard dans le mien. Une vague de chaleur m'a inondée quand il a déclaré :

— On parle de « sorcière-née » lorsqu'il est possible de remonter, de façon certaine, l'arbre généalogique d'une sorcière jusqu'à l'un des Sept Grands Clans. Par opposition à une sorcière tout court, qui pratique la magye et vit selon les principes de la Wicca. Une sorcière tire son énergie magyque des forces vives qui palpitent autour d'elle ; une sorcière-née aussi, mais elle est capable de beaucoup mieux capter cette énergie, ce qui dope ses pouvoirs.

— Tu connais des sorcières-nées ? a interrogé Xavier.

— Moi, dit Nicolas, je suis un sorcier-né.

— Non ! s'est écriée Bridget.

— Si. Ma mère l'était ; mon père l'était. Donc je le suis. Mais je ne suis pas le seul : il y en a plus que vous ne pensez, autour de vous...

— Et t'es de quel clan, alors ? a demandé Matthieu.

— Je ne sais pas. Quand mes ancêtres ont émigré en Amérique, les registres d'état civil se sont égarés. La famille de ma mère venait d'Irlande, celle de mon père d'Écosse ; autant dire qu'ils pouvaient appartenir à des tas de clans différents. Peut-être aux Woodbane !

Il s'est mis à rire doucement.

— C'est fascinant... a murmuré Jeanne.

— Attention, quand même ! a averti Nicolas. Je ne suis pas aussi puissant que la plupart des sorciers expérimentés.

J'ai admiré son visage – ses sourcils parfaits, son nez droit, ses lèvres ourlées – et le reste de la pièce a disparu à mes yeux. J'ai pensé : « Mince, il est six heures. » L'instant d'après, six heures sonnaient dans le salon de Bridget. Je devais partir.

J'ai abandonné mes amis, le cœur serré. Dehors, la pluie dégoulinait sur mon visage. J'ai foncé vers Das Boot. Un bateau ne serait pas de trop pour affronter ce déluge.

Sous mes doigts, le volant était glacé. C'est à peine si j'ai entendu le moteur vrombir quand j'ai mis le contact. Dans ma tête, deux mots résonnaient à l'infini : *sorcière-née, sorcière-née, sorcière-née*…

17.

Le piège

« En l'an de grâce 1217, une princesse vykroth fut emprisonnée ; et cependant, au matin, vide était sa cellule. De là le proverbe : « Mieux vaut tuer une sorcière par trois fois que de l'enfermer une fois, tant il est vrai qu'on ne peut retenir une sorcière. »

Altus Polydarmus,
Sorcières, mages et magiciens, 1618.

★

Octobre. J'ai laissé de côté mon vieux journal. Je commence avec ces mots mon livre des ombres. Je ne sais pas si je le fais dans les règles de l'art. Je n'en ai jamais lu. Mais je tiens à manifester mon avènement à la vie en l'automne de cette année. Mon existence de sorcière prend corps ; et c'est la meilleure chose qui me soit arrivée depuis toujours. La meilleure... et la plus effrayante.

*

Au self du lycée, le lendemain, j'ai raconté ma visite à l'abbaye à notre petit comité d'adeptes de la Wicca. Et Jeanne a renchéri :

— Des signes de la Wicca, maintenant, j'en vois partout. Et avec Halloween qui approche, quand tu sais d'où vient la tradition…

— Il y a beaucoup de traces wiccannes dans notre monde, a reconnu Nicolas. Mais les plus vivantes sont encore celles que nous laissons autour de nous…

— Par exemple ? a demandé Xavier.

Nicolas s'est tourné vers Étienne, qui a rougi en lâchant :

— Oh, ça va…

— Quoi, qu'est-ce qui s'passe ? a voulu savoir Sophie.

— Étienne a arrêté de fumer, a annoncé Nicolas.

— Pour le moment, a précisé l'intéressé. Et faites gaffe, s'il faut aussi devenir végétarien, j'arrête la Wicca !

— Moi aussi, a promis Xavier, qui a éclaté de rire.

Je nous ai observés : Bridget et moi ; Rose et Betty avec leurs piercings et leurs cheveux teints ; Jeanne et Matthieu, le couple idéal ; Étienne et Xavier, cheveux en bataille et l'air de sortir du lit ; Sophie, princesse Barbie en personne ; et Nicolas, qui nous avait tous réunis, devinant ce que nous avions en commun derrière nos différences.

Lui aussi nous observait. Il paraissait heureux de nous voir rassemblés. Et d'être parmi nous. Nous étions ses neuf disciples. Neuf privilégiés. Et si nous le souhaitions, son nouveau cercle.

*

Vendredi soir, Jeanne m'a invitée à former le cercle chez elle, le lendemain soir. J'avais l'impression d'être une alcoolique à qui on offre un verre après des années d'abstinence. Je lui ai expliqué mon problème.

— T'as qu'à dire que j'organise une fête, m'a-t-elle suggéré. Ou que je t'ai invitée à dormir chez moi. Tu nous as manqué, la semaine dernière.

— Personne ne s'est ridiculisé en tombant à genoux ? ai-je lancé.

Jeanne a souri :

— Non. Personne n'est aussi sensible que toi.

J'ai promis d'essayer de venir. J'en mourais d'envie, mais ce n'était pas si simple.

Le samedi soir, pourtant, l'horizon s'est éclairci. Mary K. allait voir un film chez une copine et mes parents se rendaient à un concert.

— Peut-être que je sortirai avec Bridget, ai-je annoncé.

— Laisse un mot, dans ce cas, a exigé maman.

Dès que je me suis retrouvée seule, j'ai foncé dans l'armoire à maquillage de Mary K. J'ignorais l'usage de la plupart des pots, poudres, tubes, flacons et autres instruments bizarres que j'y voyais. J'ai opté pour le minimum syndical – une touche de rouge à lèvres carmin. C'est à cet instant précis que le téléphone a sonné.

« Betty Fiorello », ai-je deviné.

Bingo !

Betty le Crampon m'a informée qu'elle avait eu ma mère au téléphone, que celle-ci lui avait dit que je serais sûrement encore à la maison, qu'elle avait quelques petites choses à prendre dans le garage ; qu'en conséquence elle viendrait dès que possible les prendre, qu'elle devait attendre pour cela que son époux fût de retour, et qu'elle espérait que ça ne me dérangeait pas.

Elle a raccroché en me remerciant bien fort.

Je me suis demandé si c'était maman qui l'avait envoyée me surveiller. Non, quand même pas. Mais, quand cette grenouille de bénitier est arrivée, une heure plus tard, j'étais déprimée comme jamais. Trop tard pour aller chez Jeanne.

Cependant, en ôtant mon rouge à lèvres, j'ai pris une décision. Puisqu'on ne me laissait pas explorer la Wicca avec le groupe, j'allais l'apprendre seule. J'allais apprendre à inventer des sortilèges. J'allais apprendre à les lancer. Et dès demain, j'irais chez *Magye Pratyque* me renseigner.

18.

Les conséquences

« N'oublie point que les sorcières sont parmi nous. Elles habitent la porte à côté. En secret, elles préparent leurs potions, et, ainsi que l'Ecclésiaste nous avait mis en garde, nous en subissons les conséquences, même lorsque nous vivons comme d'honnêtes âmes qui craignent Dieu. »

Altus Polydarmus,
Sorcières, mages et magiciens, 1618.

★

Un dimanche matin ordinaire. Messe, puis déjeuner au Widow's Diner. Au retour, j'ai appelé Jeanne ; je suis tombée sur son répondeur. J'ai appelé Bridget, qui n'était pas non plus chez elle. J'ai prié le ciel pour qu'elle ne soit pas dans la chambre de Nicolas. Ensuite, je me suis enfoncée dans une série d'équations.

C'était un plaisir de trouver des réponses nettes et précises à des problèmes aussi compliqués.

L'après-midi, je suis allée chez *Magye Pratyque*. La boutique était ouverte. J'ai acheté ce dont j'avais besoin et, la nuit venue, je me suis attaquée à mon nouveau défi.

J'ai ouvert le livre *Rituels pour débutants herboristes*. Un coup d'œil à la lune : impeccable, elle était croissante. J'avais appris que les sortilèges pour rassembler, invoquer, augmenter, faire prospérer, sont plus efficaces quand la lune croît. En revanche, mieux vaut pratiquer les sortilèges de bannissement, réduction, limitation et cetera lorsque la lune est en phase décroissante. Ce qui est assez logique, quand on y réfléchit.

Le sortilège que j'avais choisi exigeait de l'herbe-aux-chats pour embellir ; du concombre et de l'angélique pour guérir ; ainsi que de la camomille et du romarin pour purifier. J'avais tout cela.

Sur la moquette de ma chambre, j'ai dessiné un cercle à la craie. J'y ai introduit tous les éléments nécessaires. J'ai allumé trois bougies et j'ai purifié mon cercle avec du sel.

Le reste du sortilège ressemblait à une recette de cuisine : il fallait piler des herbes dans un mortier, verser de l'eau chaude (j'avais ma Thermos) sur les herbes dans un verre gradué, et écrire le nom de la personne à qui je le destinais sur un papier que je devais brûler à la flamme d'une bougie.

À minuit exactement, j'ai récité l'incantation de rigueur. Quand j'ai prononcé le dernier mot, les trois bougies se sont éteintes. Un éclair a fusé dans ma chambre, la remplissant d'un halo incandescent. L'instant d'après, un coup de tonnerre a retenti et résonné si fort en moi que j'ai cru que mes os allaient se briser.

Le cœur battant, il m'a fallu un bon moment pour me remettre de mes émotions. Puis j'ai fait disparaître les traces de mon cercle ; j'ai mis ma mixture dans une petite boîte en plastique ; et j'ai essayé de me convaincre que l'éclair et le coup de tonnerre n'avaient existé que dans mon imagination. En pure perte : quand je me suis résolue à me coucher, j'avais toujours le souffle court.

*

Le lendemain matin, j'ai donné ma potion à Xavier.

— C'est un produit dermoprotecteur très efficace que ma mère utilise, ai-je prétendu. Tu devrais essayer.

Il a accepté mon cadeau, un brin étonné.

Sans attendre, je suis allée voir Bridget.

— Je suis sortie avec mon père, hier, m'a-t-elle dit, et je suis rentrée trop tard pour te rappeler.

— Qu'est-ce que tu as fait ?

— Hum, on s'est baladés... Ah, et je suis passée chez le coiffeur.

J'ai regardé ses cheveux. Peut-être étaient-ils plus courts d'un quart de centimètre, grand maximum.

— Ça te va bien, ai-je affirmé. Qu'en pense Nicolas ?

— Oh, lui, je n'arrive pas à lui mettre la main dessus ! Chaque fois que je veux être seule avec lui, il me glisse entre les doigts comme une anguille. Et ça commence à m'énerver...

J'ai eu une moue compatissante, mais au fond de moi j'étais soulagée.

J'aurais aimé lui annoncer que j'avais préparé un baume magyque pour Xavier et que j'attendais de voir. Mais j'ai préféré m'en abstenir : je ne le sentais pas. Et je me suis demandé si on pouvait encore considérer comme sa meilleure amie une fille à qui on cachait ses sentiments les plus profonds et ses expériences les plus folles...

*

C'est vendredi que l'affaire a éclaté. Nicolas, Bridget et Xavier sont venus me trouver en fin d'après-midi, après les cours.

— On peut te parler ? a lancé Bridget d'une voix glaciale.

— J'ai tout raconté, a lâché Xavier, en se passant une main sur son visage parfaitement lisse.

Je leur ai dit que tu m'avais donné un truc dermomachin. Et j'aimerais bien savoir ce que tu as mis dedans.

— Des... des plantes, rien que des plantes, ai-je dit sans chercher à nier l'évidence. De l'herbe-aux-chats, de la camomille, de l'angélique, du romarin, du concombre...

— Pas de peau de crapaud ? a plaisanté Nicolas.

— C'était une potion magyque ? a sifflé Bridget.

— Oui. Juste un truc inoffensif pour débutant... Je pensais que ça n'aurait aucun effet. L'idée m'est venue quand je suis allée à l'abbaye. J'ai eu la sensation que... que le jardin me parlait. Alors, dimanche soir, à minuit, comme j'étais triste de ne pas avoir pu former le cercle avec vous, j'ai concocté ce petit baume.

— Il s'est passé quelque chose, quand tu as prononcé ta formule ? s'est enquis Nicolas.

— J'ai cru entendre un coup de tonnerre... ai-je murmuré.

Bridget a ricané :

— Wouah ! Elle se prend pour Zeus, maintenant...

— Hé, ça va ! ai-je rétorqué. On me pose une question, je réponds, d'accord ?

— Simple coïncidence, n'est-ce pas, Nicolas ? a insisté mon ex-meilleure amie. Personne ne peut guérir l'acné de Xavier. Même toi, tu...

— Si, j'aurais pu, l'a-t-il interrompue. Des tas de gens auraient pu, même des non-sorciers. Il suffit d'avoir les connaissances requises, et une certaine expérience.

— Ce que n'a pas Morgane !

— Disons qu'elle confirme son statut d'amateur très douée, a conclu Nicolas. En définitive, je ne suis pas mécontent que nous puissions parler de cela maintenant.

Il a posé une main sur mon épaule et a continué :

— Morgane, tu n'as pas le droit de lancer un sortilège à quelqu'un sans qu'il le sache. Sinon, tu tombes dans la magye noire... et je ne crois pas que ce soit ton but.

— En même temps, je ne peux pas m'en plaindre ! a reconnu Xavier. Simplement, j'aurais bien aimé être au courant avant.

— Je préférerais que tu évites de concocter d'autres sortilèges pour le moment, m'a conseillé Nicolas. Il serait souhaitable que tu étudies d'abord les grandes lignes de la magye, que tu comprennes comment tout cela fonctionne, et donc pourquoi tout ce que tu fais a des conséquences sur tout. Cela t'évitera d'agir à tort et à travers.

— Je... j'essaierai, ai-je bégayé.

— Tâche de venir au prochain cercle, a poursuivi Nicolas. Samhain est dans huit jours. Il faut se tenir prêt.

J'ai acquiescé. Bridget, Xavier et Nicolas se sont éloignés. Et ce n'est qu'après leur départ que je me suis posé la question : à quoi donc fallait-il se tenir prêt pour Samhain ?

19.

Le rêve

« Les balais des sorcières ne servent pas qu'à nettoyer leur intérieur. Enchantés, ils leur permettent aussi de voler. »

Jean-Luc Bellefleur,
Sorcières et démons, 1817.

★

Le doute n'est plus permis. C'est forcément une sorcière-née. Les pores de sa peau s'ouvrent ; une lumière blanche en sort. Son pouvoir est magnifique et effrayant. J'ai affirmé dans ce livre des ombres que je l'avais trouvée. J'avais raison. Grâce soit rendue !

★

Ce soir-là, Hélène est passée dîner à l'improviste. Pendant qu'elle m'aidait à faire la vaisselle, une question m'a brûlé les lèvres :

— Comment tu t'es rendu compte que tu étais lesbienne?

Elle m'a regardée avec de grands yeux. J'ai rougi jusqu'à la racine des cheveux; mais quand j'ai voulu m'excuser de mon indiscrétion, elle m'a arrêtée:

— C'est une bonne question... Je crois que, plus je grandissais, plus je me sentais différente des autres filles.

— En quoi?

— Eh bien... Par exemple, je ne comprenais pas à quoi servaient les garçons! Et ça ne s'est pas arrangé par la suite. En quatrième, je suis tombée raide dingue de quelqu'un...

— Une fille?

— Oui. Ça m'a fait un choc, je t'assure...

— Et elle, comment elle a réagi?

— Tu es folle ou quoi? Elle ne l'a jamais su! J'aurais été la risée du collège! Quant à moi, je n'étais pas prête à le lui avouer. J'avais honte. J'ai vu un psy. Il m'a fait comprendre que ce n'était ni une maladie ni un choix. J'étais lesbienne, je n'y pouvais rien.

— Tes parents ont dû avoir du mal à l'accepter...

— Tu es très en dessous de la vérité! D'un côté, je ne leur en ai pas voulu: moi-même, j'ai mis du temps à l'admettre. D'un autre côté... je souffrais de les voir souffrir. Je les avais terriblement déçus. Et ils m'en ont fait baver. Pas tellement parce qu'ils espéraient me voir changer. Plutôt parce qu'ils n'imaginaient pas qu'on pouvait réagir autrement.

— Avec le temps, ils se sont calmés, non ?

— Un chouia, a reconnu ma tante. Mais je reste la honte de leur vie. Quand on se voit, je ne parle jamais de mes relations. Ils ne veulent rien savoir. Faire l'autruche, c'est la seule stratégie qu'ils ont trouvée pour survivre…

— Ça doit être terrible pour toi !

Hélène a hoché la tête :

— Je préférerais que ce soit moins dur, bien sûr. Mais je n'ai pas le choix. Je dois m'accepter comme je suis, ça rend au moins ma vie plus facile… D'autant que je sais que je peux compter sur vous quatre !

J'ai souri. Puis je me suis replongée dans mes pensées.

Comme Hélène, je me sentais différente des autres. Magyque. Sorcière. Je sentais que, si je l'admettais une fois pour toutes, je serais mieux dans ma peau. Plus naturelle. Plus en confiance que jamais. Mais j'étais également certaine que cela ferait souffrir les personnes que j'aimais le plus au monde.

Pour quelle raison, je l'ignorais. Je me doutais juste qu'il ne s'agissait pas d'une simple affaire de religion…

⋆

Cette nuit-là, j'ai fait un cauchemar terrifiant.

Le ciel était noir, strié de lueurs argentées. Des nuages flottaient au-dessus de moi. Je volais au-dessus de Widow's Vale, les bras nus, portée par une bise glaciale. C'était beau et apaisant. Le vent rugissait dans mes oreilles, dansait dans mes cheveux, jouait avec ma robe.

Peu à peu, j'ai pris conscience que quelqu'un m'appelait d'une voix effrayée. Je survolais la ville, plus bas qu'un rapace. Je plongeais en piqué. Remontais en flèche. Et la voix continuait de me poursuivre. J'ai atterri dans une clairière. Et j'ai reconnu la voix. C'était celle de Bridget.

Je l'ai suivie dans les bois, jusqu'à un endroit où sourdait un ruisseau souterrain. Seul un filet d'eau coulait; il était trop faible pour former une véritable rivière, mais suffisant pour attirer les moustiques; tout autour poussaient des champignons et de la mousse qui brillait d'un vert émeraude sous la lune.

Bridget était là. Sa cheville était prisonnière d'une racine noueuse. Et elle s'enfonçait peu à peu dans le petit marécage, centimètre par centimètre. Au lever du jour, elle serait aspirée par la terre. Asphyxiée. Morte. Engloutie.

J'ai tendu le bras. Il scintillait, dégageant un halo laiteux. J'ai attrapé la main de Bridget. Elle était couverte de vase nauséabonde.

— Ne tire pas ! a-t-elle gémi. Ça fait trop mal !

De ma main libre, j'ai entamé une série de gestes précis. Un bouillonnement intérieur m'a signalé que la magye était en route. Mon souffle s'est accéléré. Bridget me suppliait en pleurant de la lâcher.

Cependant, je continuais de m'agiter pour libérer ma meilleure amie. Et, petit à petit, j'ai senti que je parvenais à mes fins. Soudain, elle a frissonné. Elle était sauvée. Couverte de vase. Les membres endoloris. Mais sauvée.

Nous nous sommes élevées dans les airs au moment où pointait l'aurore.

L'instant d'après, j'étais un bébé dans une grange obscure. Une femme assise sur une balle de paille me tenait dans ses bras. Ce n'était pas ma mère ; et pourtant, elle me berçait en répétant : « Mon bébé », encore et encore. Curieuse, je l'observais, et je l'aimais, et elle aussi m'aimait.

Je me suis réveillée en sursaut. Je tremblais. J'étais épuisée. J'aurais aimé m'endormir à la seconde même et me réveiller cent ans plus tard.

*

L'après-midi suivant, je pensais à Nicolas, à Bridget, au cercle qui allait se former le soir et auquel je mourais d'envie d'assister. Non : auquel je devais assister.

— Alors, m'a lancé Mary K. en entrant dans la cuisine au moment où j'attaquais mon chocolat chaud, tu racontes ?

— Je raconte quoi ?

— Tout ce que tu évites de me raconter depuis quelques semaines. À moins que tu aies décidé de devenir une étrangère pour moi... C'était quoi, par exemple, cette histoire de livres ?

— Je t'ai dit : des trucs sur la Wicca. En gros, des histoires de gens qui se réunissent pour former des sortes de rondes et retrouver une certaine communion avec la nature.

— Et c'est pour ça que maman a piqué une crise ?

— La Wicca est la religion des sorcières. Pas totalement contradictoire avec l'enseignement du Christ... mais pas vraiment compatible non plus.

— Pourquoi ?

— Il célèbre le pouvoir de la nature, les forces de la vie...

— Et Satan ?

— Non, Satan n'existe pas dans la Wicca. On n'a pas le droit de pratiquer la magye noire. L'idée de base, c'est que tout ce que tu donnes au monde t'est rendu triplement ; donc il faut toujours essayer de faire le bien, d'être en harmonie avec la nature.

— Donc je répète ma question : pourquoi maman s'est-elle énervée comme ça ?

J'ai haussé les épaules :

— À mon avis, parce qu'elle n'y connaît rien.

« Et qu'elle n'imagine pas qu'elle puisse réagir autrement », ai-je ajouté en repensant à la conversation que j'avais eue avec Hélène.

— Et que comptes-tu faire ? m'a demandé ma petite sœur.

— Au début, je voulais tout arrêter. Et puis, plus j'en apprends sur la Wicca, moins je vois pourquoi j'en aurais peur.

— Donc tu vas continuer ?

— Oui.

— Tu ne crois pas que…

Mary K. s'est interrompue. Maman venait d'entrer dans la cuisine.

— Vous n'avez pas oublié qu'on va chez Tatie Margaret, ce soir ?

— Euh… pas moi, ai-je dit spontanément. Je… j'ai donné rendez-vous à Bridget pour l'aider en maths. Elle a eu une sale note au dernier exam, et… Voilà quoi.

Technique Morgane : si tu veux obtenir gain de cause avec ta mère, sers-toi du lycée.

Maman s'est mordu les lèvres. Elle a semblé hésiter puis s'est décidée :

— Bon, après tout, tu as seize ans, tu es en première. Tu ne peux pas toujours nous suivre comme avant… Margaret sera déçue.

Technique Mary Grace : si tu veux faire passer un mauvais moment à Morgane, donne-lui des remords.

— Moi aussi, ai-je affirmé. La prochaine fois, j'espère que ça se goupillera mieux...

— J'espère, a répété maman.

Mary K. m'a jeté un regard qui m'a donné envie de rentrer sous terre. Faute de quoi, j'ai juste bu une gorgée de chocolat. Il n'avait pas le même goût que d'habitude.

20.

Rupture

« Les hommes sont des soldats-nés ; mais une femme en guerre se battra jusqu'à la dernière goutte de sang. »

Vieux dicton écossais

★

Installée aux côtés de Bridget, je regardais le paysage défiler. Je pensais aux centaines d'heures que nous avions passées ensemble, toutes les deux, dans des voitures. D'abord en compagnie de nos parents. Ensuite avec son grand frère. Enfin, depuis l'an dernier, avec l'une de nous deux au volant. Nos discussions les plus franches, les plus intimes, nous les avions eues en voiture, quand nous n'étions que toutes les deux.

Mais ce soir, c'était différent.

Nous allions chez Matthieu, à une vingtaine de kilomètres de là. Et nous ne disions pas un mot.

C'est Bridget qui a attaqué la première :

— Pourquoi tu ne m'as rien dit, pour Xavier ?

— Parce que je pensais que ça ne marcherait pas. Je ne voulais pas me payer la honte de ma vie.

— Tu as quand même donné ce truc aux herbes à Xavier. Si tu doutais de toi...

— Je doutais de moi, l'ai-je coupée. Mais j'ai essayé.

— Tu crois vraiment que c'est toi qui l'as guéri ?

J'ai hésité. Puis j'ai admis que oui.

— Donc tu t'imagines que tu es une sorcière-née ? a sifflé Bridget.

— Certainement ! ai-je jeté en éclatant de rire. Tu connais Jack et Mary Grace ? Ils viennent d'acheter un nouveau pentacle en l'honneur de Samhain. Ils vont le placer sur le manteau de la cheminée, et...

Elle m'a interrompue :

— J'ai du mal, avec toi, Morgane. Depuis quelque temps, je te trouve... fausse.

— Pardon ?

— Parfaitement : tu prends des airs de sainte-nitouche, mais, au fond, tu es fausse.

Hypocrite. Tu sais que je cours après Nicolas ; et tu n'arrêtes pas de le draguer.

— Tu délires !

— Non, je vous ai vus vous regarder avec des yeux de merlan frit, là… Et il n'y a pas que ça. La Wicca, c'est pareil.

— C'est quoi, cette parano, Bridget ?

Elle a continué sans m'écouter :

— Tu ne viens pas aux cercles, car nous ne sommes pas dignes de toi ; mais tu fais des potions dans ton coin…

— Arrête ! Je ne suis pas venue ces dernières semaines à cause de mes parents. Tu es au courant, non ? Quant à Xavier… C'est vrai, je n'aurais pas dû essayer ce baume sans son accord. N'empêche, je ne crois pas qu'il ait eu à s'en plaindre, à l'arrivée. Il est vachement mieux qu'avant !

— Ce n'est pas pour lui que tu as fait ça, a affirmé Bridget.

— Pas *que* pour lui, ai-je reconnu.

— C'était surtout pour impressionner Nicolas, n'est-ce pas ?

— Alors là, pas du tout ! Je voulais juste… savoir. Savoir si j'avais un don.

— Ben voyons !

— Écoute, Bridget, je vois les auras des gens. J'ai des flashs extra-lucides. J'ai guéri l'acné de Xavier. Tu ne crois pas que…

— Je crois que tu me prends pour une idiote.

— Je ne drague pas Nicolas, si c'est à ça que tu penses !

— En tout cas, lui, il te drague.

— Parce qu'il espère que je serai un jour une sorcière.

Elle a explosé :

— Et toi, tu l'encourages en faisant des expériences sur tes amis !

— On ne va pas remettre ça sur le tapis, Bridget ! Je me suis excusée auprès de Xavier ; on en a parlé et reparlé toutes les deux ; ça devient lourd, tu sais ?

— Oui, je sais. Et j'ai pris une décision.

Elle a mis son clignotant et garé la voiture sur le bas-côté ; puis elle a déclaré, sans prendre la peine de me regarder :

— Je ne veux pas que tu viennes ce soir.

— QUOI ?

— Je pensais vouloir partager ces expériences avec toi. Entre amies, c'est normal, non ? Mais je me trompais. Je veux découvrir la Wicca moi-même. Je suis allée à chaque cercle, moi. J'ai découvert *Magye Pratyque* toute seule. Je veux Nicolas pour moi. Quand tu es dans les parages, il m'oublie. Surtout depuis que tu fais ton cinéma avec les malaises et le baume anti-acné. Il ne parle plus que de ça.

— J'hallucine, Bridget ! Après la parano, la jalousie ! Tu choisis Nicolas contre moi ?

— Tu ferais la même chose si tu l'aimais.

— Tu es débile, ai-je riposté. Quand Nicolas te jettera, je ne serai pas là. Et si Nicolas veut sortir avec moi, tu n'y pourras rien.

Le moteur de la voiture a rugi et nous sommes reparties.

— Ne t'inquiète pas, m'a-t-elle dit. Dès que Nicolas et moi sortirons vraiment ensemble, tout se calmera, et tu reviendras à la raison.

— Où tu vas, là ?

— Je te raccompagne chez toi.

— T'es complètement folle !

J'ai ouvert ma portière en grand et défait ma ceinture. Bridget a pilé, et j'ai failli me prendre le pare-brise. Puis j'ai bondi hors de la voiture, évitant soigneusement de refermer la portière.

Bridzy s'est éloignée dans un hurlement de moteur. Et je me suis retrouvée seule sur le bord de la route.

*

Ce n'était pas la première fois que je me fâchais avec Bridget. En onze ans d'amitié, notre relation avait connu beaucoup de hauts et quelques bas.

Un vendredi, en CP, elle avait refusé d'échanger ses cookies contre mes Figolu. Je lui avais arraché ses cookies et je les avais mis dans ma bouche. Je ne sais plus qui avait été la plus choquée – elle ou moi. Le lundi, je lui avais offert un « papier à lettres » : des feuilles de papier que j'avais décorées d'un grand « B » en couleur. Nous avions fini par nous réconcilier.

En CM2, elle avait voulu copier sur moi en maths. J'avais refusé. Elle ne m'avait plus parlé pendant deux jours. Elle avait pompé sur Xavier. L'affaire s'était arrêtée là.

L'an dernier, nous avions connu notre pire crise. Pour une raison stupide : nous nous étions disputées pour savoir si la photographie était véritablement un art, ou si n'importe quel crétin pourvu d'un appareil pouvait, à l'occasion, capturer une scène, une lumière, une image sidérante. Nous en serions venues aux mains si maman ne nous avait pas séparées à temps.

Ce coup-ci, nous ne nous étions pas parlé pendant une quinzaine de jours. Puis nous nous étions résolues à signer un document par lequel nous admettions que, sur ce point, nous étions d'accord pour ne pas être d'accord. J'ai conservé quelque part mon exemplaire signé de sa main.

Mais après la crise de ce soir, la rupture était consommée. Je venais de perdre ma meilleure amie.

Il faisait un froid glacial. J'ai remonté ma fermeture Éclair, j'ai mis ma capuche. Et finalement, j'ai renoncé à aller chez Matthieu : trop loin. J'ai fait demi-tour, direction la maison. J'étais en larmes. Bas dans le ciel brillait la lune, si proche que j'en distinguais les cratères. Les bruits de la nuit montaient vers moi : insectes, petits mammifères, oiseaux... En dépit de l'obscurité, je voyais des fourmis courir sur les arbres à cinquante mètres devant moi. Je distinguais les nids dans les branches et, au-dessus, la petite tête ronde et douce des oisillons. Je percevais le battement syncopé de leurs cœurs minuscules, qui semblait répondre à celui plus lent, plus sonore de mon propre cœur.

Puis j'ai fermé les yeux. Je pensais que Bridget avait gagné la partie. Qu'elle allait avoir Nicolas. Et que j'allais devoir fermer toutes les portes magyques que j'avais réussi à m'ouvrir.

21.

La frontière

« Que tu aimes une pierre, un arbre, un homme, un enfant, peu importe : chaque fois que tu aimes, tu es touchée par la grâce de la Déesse. »

Sabina Falconwing,
dans un café de San Francisco, 1980.

★

Le lendemain matin, le téléphone a sonné aux aurores. C'était Xavier.

— Ben alors, Morgane ! a-t-il lancé. Bridget nous a dit que tu ne voulais plus venir aux cercles !

— C'est faux, ai-je rétorqué. Elle aimerait bien, mais elle va au-devant de cruelles désillusions... La semaine prochaine, c'est le jour de Samhain ; et je serai là.

— Wouah ! Ça a l'air chaud, entre vous…

— Et pas qu'un peu…

— Écoute, je veux pas me mêler de ce qui ne me regarde pas, mais, si ça t'intéresse, rendez-vous la semaine prochaine, dans le champ de blé, à la sortie nord de la ville. D'un côté de la route, il y a l'endroit où nous avons célébré Mabon, tu vois ? Eh bien, c'est de l'autre côté que ça se passera. On doit se retrouver à onze heures et demie. Et si nous le décidons, nous pourrons être admis comme apprentis du cercle à minuit.

— Tu vas le faire, toi ?

— Hum… Il ne faut pas en parler, ni même s'engager pour le moment. Nicolas nous conseille de prendre cette décision de manière très personnelle et intériorisée – ne rigole pas, ce sont ses termes. Au fait, tout le monde doit apporter quelque chose. Malgré ce qu'a dit Bridget, je t'ai inscrite au cas où, en disant que tu apporterais des fleurs et des pommes.

— Merci, Xavier. Doit-on venir dans une tenue spéciale ?

— Oui, en orange ou en noir. À demain !

*

Dimanche. Jour de messe. Difficile de me concentrer sur l'orgue, les lectures, le sermon, les chants, les prières… La colère courait encore dans mes veines, violente.

Bridget avait voulu m'exclure ? Elle allait s'en mordre les doigts. Par sa tentative ridicule, elle m'avait simplement ouvert les yeux : dans notre amitié, c'était elle qui commandait et moi qui suivais. Les choses allaient changer.

Sitôt le repas à Widow's Diner expédié, je n'avais qu'une envie : filer à *Magye Pratyque*. Ce que j'ai fait.

— Je voudrais une bougie noire pour Samhain, ai-je annoncé à la vendeuse, une femme âgée au visage avenant.

— Tu arrives à temps ! m'a-t-elle répondu en souriant. Il ne nous en reste plus beaucoup. Nous avons été pratiquement dévalisés ! Tu as le choix entre ce cierge et cette belle bougie. Le cierge dure plus longtemps, mais la bougie est très jolie et conviendra parfaitement.

J'ai noté que le cierge était beaucoup plus cher.

— Je vais prendre le… le cierge, ai-je dit.

Je voulais opter pour la bougie, mais d'autres mots m'étaient sortis de la bouche.

— Je crois que le cierge veut repartir avec toi, a commenté la vendeuse. Et avec ceci, que désires-tu ?

— Je dois apporter des fleurs pour Samhain. Lesquelles dois-je choisir ?

— Il n'y a pas d'espèces particulières. Il faut juste sentir celles qui te conviennent. Est-ce que… Est-ce que je peux me permettre une question ?

— Euh… Oui, bien sûr.

— N'es-tu pas déjà venue à plusieurs reprises ?

— Si…

— David m'a parlé de toi.

— David ?

— Le vendeur que tu as sûrement croisé ici. Il m'a décrit une jeune sorcière qui prétendait ne pas en être une. Tu es une amie de Nicolas ?

— Je… Oui, en effet…

— Je suis ravie de te rencontrer. Je m'appelle Alyce, avec un « y ». Si tu as besoin de quoi que ce soit, n'hésite pas à me le faire savoir. Les moments qui t'attendent ne seront pas toujours faciles.

— Comment savez-vous tout ça ?

La femme a souri en mettant mon cierge dans un sac :

— Oh, je le sais, c'est tout. Parfois, on sait des choses sans savoir pourquoi on les sait… n'est-ce pas ?

J'ai acquiescé. J'étais partagée entre fascination et énervement.

*

Lundi matin, au lycée, je suis allée dire bonjour aux adeptes de la Wicca. Bridget m'a ignorée.

— Tu nous as manqué, samedi ! m'a lancé Jeanne.

— Bridget nous a dit que tu ne voulais plus venir, a renchéri Étienne.

— Elle rêve, ai-je répondu. Je viendrai. Je veux devenir une sorcière. Je crois que je suis faite pour ça.

Jeanne a pouffé. Nicolas m'a souri. Je lui ai rendu son sourire. Et j'ai été ravie de voir Bridget grimacer.

— C'est cool, a déclaré Étienne en poussant Sophie. Allez, fais un peu de place à la sorcière...

— Ne me touche pas, sale vicieux ! a-t-elle rétorqué en gloussant.

J'étais étonnée. Étienne et Sophie ? Ensemble ? Je n'ai pas eu le temps de vérifier : Tamara est venue me demander un coup de main urgent pour un problème de maths. Je l'ai suivie au CDI. Pendant un moment, nous avons travaillé toutes les deux. Et j'ai eu l'impression très rassurante d'être quelqu'un de normal.

*

Mardi, juste avant le cours de physique, Nicolas m'a dit :

— Je suis content que tu viennes pour Samhain. Je sais que ça doit être compliqué chez toi...

J'ai plongé mes yeux dans les siens, et j'ai eu la sensation qu'il me harponnait du regard et m'attirait vers lui.

— Je veux être apprentie dans ton cercle, ai-je déclaré. Bien sûr, mes parents sont paniqués par la Wicca. Surtout ma mère. Elle ne veut même pas que je lise des livres sur le sujet. Mais je ne peux pas me laisser commander toute ma vie. Plus j'y pense, plus je suis sûre de mon choix.

— Laisse-toi un peu de temps pour y réfléchir encore…

— Je ne pense qu'à ça, ai-je avoué.

«À ça et à toi», ai-je failli ajouter.

J'avais envie de me jeter dans ses bras. De me serrer contre lui. Et de trouver des éléments de réponse à une question que je refusais de me poser tant que Bridget était mon amie: pourrions-nous, un jour, sortir ensemble? Nicolas pourrait-il m'aimer comme je l'aimais?

*

Mercredi. C'est l'anniversaire de maman. Papa est passé chez le traiteur thaïlandais. Mary K. a préparé la table. Hélène a acheté un gâteau glacé. Tout le monde s'est mis sur son trente et un.

Pas une ombre au tableau. Maman a soufflé ses bougies et ouvert les cadeaux avec hâte. Sourires et embrassades: elle n'avait plus rien à voir avec la harpie qui me criait dessus parce qu'elle était tombée sur des livres interdits. J'ai eu un pincement au cœur à la pensée que samedi, il allait me falloir mentir de nouveau. Mais ce soir, nous formions une famille heureuse. Pour les soucis, on verrait plus tard.

★

Jeudi, Tamara est venue me trouver pendant que je lisais un livre sur Samhain.

— Tu continues à t'intéresser à ces trucs ? m'a-t-elle demandé.

— Oui, j'aime bien…

— C'est quoi, le but de Nicolas ?

— De… de former un cercle permanent, avec les gens intéressés.

— « Cercle », ça fait un peu « secte », non ?

— Oui, un peu. Pourtant, c'est pas ça, je t'assure. C'est plutôt un club, tu vois… Bon, mais y a pas que ça, dans la vie. Tiens, j'ai une idée : si on allait au ciné, demain soir, avec Janice ?

Tamara a eu un sourire éclatant :

— Génial !

L'instant d'après, elle me quittait pour me laisser lire. J'avais le cœur léger… quand une ombre est venue s'asseoir face à moi.

Bridget.

— Ça y est, m'a-t-elle déclaré. La phase numéro un de mon plan est réalisée. Encore quelques semaines, et tu pourras revenir former des cercles avec nous.

J'ai levé les yeux de mon livre, et j'ai pris l'air étonné :

— Excuse-moi, de quoi tu parles ?

— Je l'ai eu, le petit Nicolas ! Dans quelques semaines, notre couple sera solide, et les petites disputes que nous avons pu avoir, toi et moi, seront derrière nous.

— À quoi tu joues ? Ce qui s'est passé ne sera jamais derrière nous. Jamais !

— Oui, oui... Tu es un peu jalouse, je comprends. Mais permets-moi de mettre les points sur les « i » : Nicolas et moi couchons ensemble, maintenant. Alors, tu vas te faire une raison, et, dans quelque temps, tu reviendras sagement former les cercles avec nous...

Il fallait rester calme et ne pas réagir. Surtout, ne pas les imaginer, ensemble, dans ce lit que j'avais remarqué.

— Écoute, Bridget, couche avec qui tu veux ! Mais mets-toi dans le crâne que tu ne me diras plus ce que je dois faire. Parce que la différence entre toi et moi, c'est que je veux vraiment devenir une sorcière. Pas me prouver que je peux coucher avec n'importe quel beau gosse.

— Tu n'es pas seulement jalouse, a-t-elle sifflé d'une voix blanche, tu te comportes aussi comme une vraie...

Bridget ne put en dire davantage.

— Peut-être que c'est à force de traîner avec toi. Alors maintenant, tu es gentille, tu t'en vas.

Elle m'a fixée un moment. Puis elle s'est levée de sa chaise et a quitté la pièce.

Entre la passion et la haine, la frontière est ténue. Et je venais de la franchir.

22.

Ce que je suis

« Méfiance ! Oui, méfiance quand vient le nouvel an des sorcières ! Méfiance quand sont célébrés ces rites païens qui précèdent la Toussaint ! Ce jour-là, la frontière entre ce monde et le prochain est fine, si fine qu'elle risque de s'ouvrir à tout instant... »

Altus Polydarmus,
Sorcières, mages et magiciens, 1618.

★

Ce soir, je vais former un cercle et prendre place dans un cercle permanent. Rien ne pourra m'en empêcher. Je vais devenir apprentie dans le cercle de Nicolas. Je sais que ma vie va en être bouleversée. Je le sens à tout ce que je vois, à tout ce que j'entends.

★

Ce soir de Samhain, je n'ai pas garé Das Boot dans le garage. Vers onze heures vingt, je suis sortie discrètement. J'ai ouvert ma voiture, desserré le frein à main et poussé mon gros bolide jusqu'au tournant. Puis j'ai démarré dans la nuit.

Quand je suis arrivée au rendez-vous, j'ai repéré les véhicules de Bridget, Rose, Xavier et Matthieu. J'ai pris les fleurs, les fruits et le cierge que j'avais laissés dans le coffre, et je me suis avancée vers l'endroit d'où semblait provenir une musique celtique, douce et apaisante.

Jeanne m'a accueillie avec un grand sourire. Les huit autres étaient déjà là. Nous étions au complet. Le cercle pouvait commencer.

J'ai regardé ces étrangers. Ceux de qui je n'avais jamais été proche. Et ceux qui l'avaient tant été, quelques semaines plus tôt : Xavier et Bridget, sorte de statue de glace en laquelle j'avais peine à reconnaître celle qui avait été ma meilleure amie...

— Je suis heureux que tu aies pu venir, a prononcé Nicolas.

Et moi qui pensais à fuir tant le malaise m'avait gagnée, je suis restée clouée sur place.

— Venez tous, l'autel est par ici, a ajouté le maître de cérémonie.

Au bord de la clairière coulait un ru, qui serpentait entre des cailloux gris et verts. Nous l'avons franchi à la suite de Nicolas. À chaque fois que je voyais sa silhouette, je pensais qu'il avait couché avec Bridget. Et pourtant, il semblait détaché d'elle. Comme à l'accoutumée. M'aurait-elle menti ? En tout cas, elle multipliait les signes d'amitié à l'égard de Rose et Betty, qui les lui rendaient en souriant.

Nous sommes passés derrière un rideau d'arbres et nous avons abouti dans un cimetière.

— Nous voici dans un ancien cimetière méthodiste, a déclaré Nicolas. C'est un bon endroit pour célébrer Samhain. En effet, ce soir, nous honorons ceux qui ont effectué le grand passage avant nous, et nous reconnaissons que nous devrons, un jour, redevenir poussière pour naître à nouveau.

Nous nous sommes dirigés vers une grande pierre dressée, couverte de lichen et érodée par des siècles d'exposition à la pluie, à la neige et au vent. Devant, une tombe horizontale, en granit. Les lettres gravées dessus étaient illisibles, même à la clarté de la lune. J'ai compris qu'il s'agirait de notre autel.

Nicolas a donné une nappe à Sophie :

— Pourrais-tu étendre ceci ?

Après quoi, Étienne a posé deux grands chandeliers de cuivre. Jeanne et Sophie ont disposé les fleurs, pommes, noix et citrouille que Bridget et moi avions apportées. Betty a décoré l'autel avec des feuilles mortes. Rose s'est occupée des bougies et des cierges. Matthieu les a allumés.

— Que tout le monde s'approche ! a lancé Nicolas. Jeanne et Rose, dessinez le cercle et purifiez-le.

Je me sentais bizarre. À la fois excitée par ce nouveau cercle... jalouse que Jeanne et Rose aient été choisies... avide de m'ouvrir à tout ce qui dépassait mes sens...

Je me positionnai entre Matthieu et Xavier, pour être sûre de ne pas me laisser perturber par des énergies négatives. Nicolas ouvrit une bouteille, versa un peu de sel sur son doigt et dessina un pentacle dans un cercle sur nos fronts.

— Nous sommes ici pour former un nouveau cercle, pour célébrer la Déesse et le Dieu, pour rendre gloire à la nature, et pour explorer, susciter et adorer les pouvoirs de la magye qui nous habite et de celle qui nous entoure.

— Loués soient-ils, ai-je murmuré.

Les autres m'ont imitée.

— Que ceux qui ne souhaitent pas faire partie de mon cercle quittent ce cercle sur-le-champ ! s'est écrié Nicolas.

Personne n'a bougé.

— Bienvenue à vous, a proféré Nicolas. Louée soit cette rencontre. Tous les dix, nous formerons le Cercle Cirrus. Vous serez les novices, autrement dit les apprentis de ce cercle. Je vous apprendrai ce que je sais. Après quoi, chacun d'entre vous suivra l'enseignement d'autres maîtres.

J'écoutais religieusement ses paroles. Mes peurs s'étaient tues. J'entendais de temps en temps le cri d'une chouette, le battement d'ailes d'une chauve-souris, le ruissellement de l'eau. Je me sentais en connexion profonde et merveilleuse avec la Nature – cette Déesse qui nous enveloppait de son amour infini.

Dans le récipient placé à l'est (celui de l'air), Nicolas a allumé un bâtonnet d'encens. Nous avons joint nos mains, et notre initiateur a commencé de marcher dans le sens des aiguilles d'une montre en psalmodiant :

Ce soir, nous disons adieu au Dieu :
Dans les Enfers il disparaît
Pour renaître au plus haut des cieux,
Quand les froideurs seront passées.

Nous dansons sous la lune sanguine.
Afin que notre cœur s'envole.
Neuf fois, nous reprendrons cet hymne :
Qu'il touche la Déesse et la console.

Neuf fois, donc, nous avons entonné ce cantique. Plus j'étudiais la Wicca, plus j'étais frappée par l'importance des symboles. Le dessin des plantes, la présence des nombres, l'enchaînement des jours de la semaine, la succession des saisons, l'agencement des couleurs, les motifs des tissus, la forme des fleurs... Tout avait un sens. En tant que novice, il me faudrait apprendre le maximum sur la nature qui m'entourait, son organisation et sa magye.

Tandis que nous tournions, la peur m'a reprise. Allais-je de nouveau m'évanouir? Tout d'un coup, j'ai eu une intuition: ma peur allait me faire souffrir. Je devais me laisser aller. Dépasser mes limites. Affronter ma sensibilité. Il fallait que je m'ouvre à la magye de Samhain.

Et soudain, j'ai perdu le contrôle. J'avais banni la peur. J'avais réussi à bannir la peur! Je ne me maîtrisais plus. Mes mains tremblaient déjà quand nous avons cessé de tourner et levé nos bras vers le ciel. Une bouffée d'énergie m'a emportée vers le ciel. En moi, la nuit avait explosé, et je dansais dans l'atmosphère, entourée par les étoiles. Des boules de lumière fusaient autour de moi, pareilles à des comètes microscopiques. Je voyais l'univers dans son entier: tout, la moindre particule, le moindre sourire, le plus petit moucheron, le plus infime grain de sable m'était révélé. C'était merveilleux. Plus que merveilleux, au-delà des mots. Je comprenais tout: ma place dans l'univers, la voie que je devais suivre, mon destin.

Alors, j'ai souri, battu des paupières, expiré une dernière fois… et je suis revenue dans un cimetière, au cœur de la nuit, au milieu du cercle. Des larmes ruisselaient sur mon visage.

Xavier s'est avancé vers moi, l'air inquiet. Au

début, je n'ai pas compris ce qu'il me disait, puis j'ai décrypté son langage.

— Ça va, Morgane ? me demandait-il simplement.

J'ai fait signe que oui.

— C'était si beau ! ai-je murmuré, la voix brisée.

Ma vision m'avait épuisée. Vidée. J'ai tendu le doigt pour toucher la joue de Xavier. Mon index y a laissé une trace chaude et rose ; et Xavier, décontenancé, a frotté sa peau si lisse.

Je me suis avancée vers les fleurs disposées sur l'autel. J'étais hypnotisée par leur beauté et submergée par la tristesse de les voir mortes. J'ai touché un bouton, qui s'est ouvert sous ma main, éclosant par-delà la mort automnale, lui qui n'avait jamais éclos dans la vie. J'ai entendu Rose pousser un cri de stupeur, et j'ai senti que Bridget, Betty et Matthieu s'éloignaient de moi.

Nicolas s'est placé à mon côté.

— Ne touche plus à rien, m'a-t-il dit, très calme. Couche-toi et libère l'énergie.

Il m'a conduite dans notre cercle, à un endroit où j'ai pu m'étendre sur le dos. J'ai senti les battements de la Terre se concentrer en moi, m'aider à évacuer le trop-plein d'énergie et à me sentir plus… normale. Mes perceptions se sont apaisées, et j'ai vu les bougies, les étoiles, les plantes. Le monde est redevenu ce qu'il semblait être – un ensemble de choses, d'êtres, et non plus de boules vibrantes d'énergie.

— Que m'est-il arrivé ? ai-je chuchoté, sidérée par mes sensations.

Nicolas s'est assis en tailleur. Il a posé ma tête sur ses genoux et m'a caressé les cheveux.

Xavier s'est agenouillé près de lui. Étienne, Betty et Sophie se sont avancés pour m'observer par-dessus son épaule, comme s'ils admiraient un objet dans la vitrine d'un musée.

Jeanne serrait Matthieu à la taille. On aurait dit qu'elle avait peur. Rose et Bridget se tenaient plus en retrait. Bridget avait les yeux écarquillés et la mine fermée.

— Tu as été magyque, m'a expliqué Nicolas en vrillant sur moi son insondable regard doré. Tu es une sorcière-née.

À mon tour, j'ai ouvert grand les paupières. Le visage de Nicolas a bougé, masquant la lune. Ses yeux ont plongé tout au fond des miens. Sa bouche a effleuré ma bouche. Et, bouleversée, j'ai senti qu'il m'embrassait.

Mes bras pesaient lourd quand j'ai voulu les glisser autour de son cou ; mais, l'instant d'après, je l'ai embrassé à mon tour, et nous nous sommes unis, et la magye a crépité autour de nous.

Dans ce moment de joie pure, je ne me posais plus de questions. Peu importait ce que pouvait signifier pour moi, ma famille ou Nicolas d'être une sorcière-née. Peu importait ce que pouvaient penser Bridget, Rose, Xavier ou les autres de ce baiser qui se prolongeait. Je venais de vivre ma première leçon de magye : j'avais vu l'univers dans son entier.

Désormais, ma vie serait magyque.

Retrouve vite Morgane et Nicolas
dans le tome 2 de la série

Magie Blanche

Le rituel du Cercle

Table

Cet ouvrage a été composé par
PCA - 44400 REZE

Impression réalisée sur Presse Offset par

BRODARD & TAUPIN

GROUPE CPI

La Flèche (Sarthe), le 27-09-2006
N° d'impression : 37030

Dépôt légal : octobre 2006

Imprimé en France

POCKET jeunesse

12, avenue d'Italie

75627 PARIS Cedex 13